Le fusil de chasse

DU MÊME AUTEUR
AUX ÉDITIONS STOCK

Le Maître de thé.

Les chemins du désert.

Histoire de ma mère.

Le faussaire.

Combat de taureaux.

Confucius.

La chasse dans les collines.

Paroi de glace

Les Dimanches de Monsieur Ushioda.

Bibliothèque Cosmopolite

Yasushi Inoué

Le fusil de chasse

roman

Traduit du japonais
par Sadamichi Yokoö,
Sanford Goldstein et Gisèle Bernier

Stock

TITRE ORIGINAL

RYOJU
(Tokyo, Japon, 1961.)

ISBN 978-2-234-05210-9

Le fusil de chasse

Un jour, il m'arriva de donner au *Compagnon du Chasseur* (cette modeste revue publiée par la Société des Chasseurs du Japon) un poème intitulé *Le Fusil de chasse.*

Cela pourrait laisser supposer que je porte plus ou moins d'intérêt à la chasse, mais la vérité est que j'ai été élevé par une mère qui haïssait toute violence et que je n'ai jamais tenu entre les mains fût-ce une carabine à air comprimé. En fait, l'explication est des plus simple : le garçon qui dirige *Le Compagnon du Chasseur* était mon camarade de classe à l'école secondaire, et soit par caprice, soit, je suppose, pour exprimer avec délicatesse son regret de la manière dont notre amitié s'était refroidie, il me demanda de lui envoyer un poème. Bien que j'avance en âge, je ne puis rester indifférent aux revues spécialisées et je griffonne encore des poèmes au gré de mon inspiration. Toutefois *Le Compagnon du Chasseur* étant étranger à mes préoccupations, en toute autre circonstance j'aurais refusé l'offre de son directeur. Mais je venais d'être inspiré par le rapprochement que j'avais fait entre un fusil de chasse et l'isolement d'un être humain ; aussi je résolus d'écrire un poème sur ce thème.

Par une nuit glaciale de fin novembre, je restai assis à mon bureau jusqu'à minuit ; j'écrivis un poème en prose de ma façon, et je l'expédiai au directeur le lendemain.

Puisque ce poème a un rapport avec l'histoire que je raconte, j'ai décidé de l'insérer ici :

Sa grosse pipe de marin à la bouche,
Un setter courant devant lui dans l'herbe,
L'homme gravissait à grandes enjambées, en ce
[début d'hiver,
Le sentier du mont Amagi,
Et la gelée blanche craquait sous ses semelles.
Il avait vingt-cinq cartouches à la ceinture,
Un manteau de cuir, marron foncé,
Une carabine Churchill à canons jumelés…
Mais d'où venait son indifférence, malgré son
[arme de blanc et brillant métal,
À ôter la vie à des créatures ?

Fasciné par le large dos du chasseur,
Je regardais, je regardais.

Depuis ce temps-là,
Dans les gares des grandes villes,
Ou bien la nuit dans les quartiers où l'on s'amuse,
Parfois je rêve,
Je voudrais vivre sa vie...
Paisible, sereine, indifférente.

Par instants change la scène de chasse :
Ce n'est plus le froid début d'hiver sur le mont
[Amagi,
Mais un lit asséché de torrent, blanc et blême.
Et l'étincelant fusil de chasse,
Pesant de tout son poids sur le corps solitaire,
Sur l'âme solitaire d'un homme entre deux âges,
Irradie une étrange et sévère beauté,
Qu'il ne montra jamais,
Quand il était pointé contre une créature.

Quand je reçus le numéro de la revue, mon poème s'y trouvait et occupait plusieurs pages. Je songeai, pour la première fois, assez stupidement, qu'en dépit de son titre engageant il n'était pas à sa place. Il heurtait trop manifestement le «code de la chasse», l'«esprit sportif», le «sport, facteur de santé», etc., toutes expressions qui apparaissaient fréquemment dans les autres pages. De plus, l'emplacement où il était imprimé constituait, semblait-il, une zone à part, distincte des autres articles, une sorte d'enclave étrangère.

Ce que j'avais dit dans le poème ou souhaité y transposer, c'était la signification symbolique d'un fusil de chasse, telle qu'elle m'était venue intuitivement à l'esprit, je n'avais donc aucune honte à avoir (bien au contraire, j'en ressentais une certaine fierté), et si mon œuvre avait paru dans une autre revue, il n'y aurait pas eu de problème. Mais cette publication appartenait à la Société des Chasseurs du Japon, qui se donnait pour but de vulgariser la pratique de la chasse, considérée comme un sport hautement sain et viril. Dans une revue de cette sorte, l'image que je présentais de la chasse était plus ou moins une hérésie et mon poème aurait dû être refusé. Lorsque j'en eus pleinement conscience, je compris dans quel embarras avait sans doute été plongé mon ami à la lecture de mon manuscrit, et j'appréciai l'estime dont il avait fait preuve à mon égard en osant l'imprimer, malgré les hésitations qu'il avait dû connaître. Assez longtemps après, j'en éprouvais encore un sentiment de culpabilité.

Pendant quelque temps, je m'attendis à recevoir d'un membre ou deux de la Société des Chasseurs des lettres de protestation, mais mon inquiétude n'était qu'un effet de mon effrayante vanité, car de longues semaines s'écoulèrent sans que me parvînt une seule plainte à propos de mon poème. Heureusement ou malheureusement, il avait été traité avec un silencieux mépris par les chasseurs du Japon. Ou, plus exactement, nul ne l'avait jamais lu.

Deux ou trois mois environ passèrent, et j'avais oublié cette affaire, quand je reçus une lettre d'un certain Josuke Misugi, qui m'était totalement inconnu.

Il y a des siècles, un historien commentant les inscriptions gravées sur le monument de Tai shan déclara qu'elles ressemblaient aux clairs rayons du soleil après les averses de l'automne finissant. J'exagère quelque peu, mais les signes tracés sur la vaste enveloppe de papier blanc me produisirent une impression analogue. Nous ignorons la beauté véritable et le style des inscriptions de Tai shan, parce que les pierres du monument sont tombées en ruine et qu'il n'en subsiste pas même un moulage, mais il est permis de les imaginer. Les signes tracés par Josuke Misugi, exagérément grands, semblaient vouloir sauter hors de l'enveloppe ; ils étaient vigoureusement dessinés, avec autant de somptuosité que d'aisance. Mais, tandis que je les contemplais, il émanait de chacun d'eux comme une impression de néant, et je me souvins de ce que l'historien avait dit au sujet du monument.

Misugi avait trempé son pinceau dans de l'encre indienne, et sans doute en écrivant tenait-il l'enveloppe de la main gauche, car il me sembla avoir expédié l'opération à la hâte. Les traits, je le constatai, étaient bizarrement froids et inexpressifs, tout différents de ceux qui attestent la lucidité d'un esprit mûr. J'eus le sentiment que celui qui les avait tracés ne voulait pas mettre en valeur son habileté et qu'il ne faisait pas preuve de cette recherche qui frappe d'ordinaire un expert en calligraphie.

En tout cas, la lettre était écrite avec un luxe et une magnificence tels que la banale boîte aux lettres de ma maison me parut indigne de la contenir. Dès que j'eus ouvert l'enveloppe, je me rendis compte que mon correspondant avait utilisé une feuille de papier chinois de plus de six pieds et que chacune des lignes de sa missive ne comportait que cinq ou six gros caractères, semblables à ceux de l'enveloppe.

«Je m'intéresse quelque peu à la chasse, écrivait Misugi, et j'ai eu récemment l'occasion de lire votre poème. Je suis un homme dénué de goût et je ne me sens nullement porté vers la poésie. À la vérité, c'était la première fois que je lisais un poème. Pardonnez-moi de vous dire que je ne connaissais pas votre nom. Mais j'ai éprouvé un choc comme jamais auparavant.»

Une seconde fois je relus ce premier paragraphe et je sentis mon cœur se serrer tandis que je me remémorais le poème qui s'était effacé de mon esprit. Je pensai qu'une protestation s'était enfin élevée, une protestation qui avait pour auteur un chasseur peu banal. Mais, en poursuivant ma lecture, je vis que le contenu de la lettre était très différent de celui que j'avais attendu. Misugi écrivait des choses auxquelles je n'avais jamais songé. Néanmoins ses termes étaient toujours courtois, et son ton modéré exprimait une certaine conviction, ainsi qu'un détachement comparable à celui qu'on décelait dans son écriture.

«Que diriez-vous si je vous avouais que l'homme dont vous avez parlé dans votre poème n'est personne d'autre que moi? Vous avez sans doute remarqué mon allure plutôt gauche, dans le village au pied de la montagne, quand je partais chasser à travers les réserves de l'Amagi. Mon setter noir et blanc, spécialement dressé pour lever les faisans, et le Churchill, que mon merveilleux professeur m'avait donné à Londres, et même ma pipe favorite ont attiré votre attention. Tous ces détails, assurément, me désignent. Et que mon état d'âme, qui est fort loin de toute spiritualité, vous ait fourni l'inspiration nécessaire pour écrire un poème, voilà qui me fait éprouver un sentiment d'orgueil et de confusion. Aujourd'hui, pour la première fois, j'admire profondément la perspicacité peu commune des poètes.»

Parvenu à ce point de ma lecture, j'essayai de me rappeler le chasseur que j'avais croisé cinq mois auparavant, alors que je me promenais sur l'étroit sentier sinueux, entre les cèdres, tout près, en effet, du petit village thermal situé au pied du mont Amagi, dans la presqu'île d'Izu. Mais je ne trouvai rien de frappant dans mes souvenirs, sinon l'impression confuse que, de ce chasseur vu de dos, se dégageait un étrange sentiment de solitude. Quant aux détails physiques et vestimentaires, ils ne me revenaient pas à l'esprit avec assez de précision.

D'ailleurs, je ne l'avais pas observé avec une attention particulière. J'avais été frappé simplement par le fait que, de l'homme qui venait vers moi dans l'air glacé de ce matin d'hiver commençant, le fusil sur l'épaule et la pipe à la bouche, contrairement aux chasseurs ordinaires, de toute sa personne émanait quelque chose de contemplatif. Malgré moi, je m'étais retourné pour le regarder, après que nous nous fûmes croisés, et je l'avais vu quitter le sentier, obliquer en direction de la montagne couverte d'arbustes et commencer de gravir lentement la pente raide, en prenant soin d'équilibrer son poids à chaque pas, comme s'il eût craint de glisser. C'est à cet instant, en observant cette silhouette qui s'éloignait, que j'avais ressenti, comme je l'avais écrit plus tard, une impression d'isolement. Mes connaissances étaient suffisantes pour que je reconnusse, dans le chien, un magnifique setter; par contre, j'ignorais le nom du fusil étant donné que je ne m'étais jamais occupé de chasse. Je n'avais appris l'existence du fusil Richard et du Churchill (tenus pour les meilleurs en Angleterre) que le soir où j'avais entrepris d'écrire mon poème, et j'avais pris la liberté de doter mon héros d'un Churchill. Seul le hasard avait voulu que Misugi eût effectivement possédé un fusil de ce type. Et c'est pour cette raison que le véritable Josuke Misugi, malgré sa ressemblance avec mon chasseur, et bien qu'il fût à la source de mon inspiration, restait encore inconnu de moi.

Sa lettre continuait ainsi : «Il vous est permis d'avoir des doutes sur l'équilibre mental d'un homme qui passe soudain du coq à l'âne. J'ai ici trois lettres qui me furent adressées. J'avais l'intention de les brûler, mais, après avoir lu votre excellent poème, j'ai cru devoir vous les montrer. Je m'en voudrais de troubler votre quiétude, cependant je vous les fais parvenir par courrier séparé. Je serais heureux que vous les lisiez à loisir. Je ne vous demande que de les lire. Je ne désire rien de plus. Je voudrais que vous sachiez que le "lit asséché de torrent, blanc et blême" est celui que j'ai contemplé. Il me semble qu'un homme est bien fou de vouloir qu'un autre le comprenne. Je n'avais jamais éprouvé ce sentiment jusqu'ici, mais, en apprenant que vous vous intéressez à mon cas, j'ai décidé de ne rien vous cacher. Après les avoir lues, j'espère que vous voudrez bien brûler ces trois lettres. Notre rencontre dans l'Izu s'est produite juste après que je les eus reçues. Voilà longtemps que je m'occupe de chasse, mais, alors qu'aujourd'hui je suis devenu un solitaire, il y a quelques années, quand j'inspirais le respect de tous tant dans mes activités sociales que dans ma vie privée, avoir le fusil sur l'épaule me paraissait une obligation. Permettez-moi de terminer sur cet important détail. »

Deux jours plus tard les trois lettres me parvinrent. L'enveloppe qui les renfermait portait le nom de JOSUKE MISUGI et son adresse, un hôtel dans l'Izu, la même qui figurait sur la première enveloppe. Chacune des lettres lui avait été adressée par une femme différente. Je les lus et... Non ! Arrivé à ce point, je me refuse à passer sous silence l'impression qu'elles me firent. Je vais en donner le texte intégral. Mais, avant de le faire, souffrez que j'ajoute ceci : puisque Misugi occupait apparemment une place en vue dans la haute société, je cherchai son nom dans le *Who's Who*, puis dans des annuaires, puis où donc encore ? Mais je fus incapable de le trouver. Sans doute avait-il un pseudonyme. Aussi, en recopiant ces lettres, chaque fois que je me suis trouvé devant l'un des nombreux endroits raturés où devait avoir figuré son nom véritable, je me suis borné à écrire le nom sous lequel il s'est fait connaître de moi. J'ai également désigné sous des pseudonymes les personnes mentionnées par les correspondantes de celui que j'appelle toujours Josuke Misugi.

Lettre de Shoko

Cher Josuke,

Trois semaines se sont écoulées depuis que Mère est morte. Comme le temps a vite passé ! J'ai reçu les dernières condoléances hier et toute la maison semble soudain plongée dans le silence, et je prends enfin vraiment conscience que Mère n'est plus de ce monde. Vous devez être extrêmement las. Vous vous êtes occupé de tout, des faire-part aux parents, de la préparation du repas de minuit, lors de la veillée funèbre ; il a aussi fallu que vous parliez aux policiers, puisque la mort de Mère n'était pas naturelle, et vous vous êtes acquitté de toutes ces tâches avec un soin scrupuleux. Je ne trouve pas de mots pour vous exprimer ma gratitude. À présent que vous avez regagné Tokyo pour vos affaires, je crains que vous ne soyez tout à fait à bout de forces.

Mais, si vous avez suivi le programme que vous m'aviez communiqué avant votre départ, vous devez en avoir terminé avec vos occupations à Tokyo et, à l'heure qu'il est, vous êtes, j'imagine, en train d'admirer les arbres dont l'Izu possède tant d'essences diverses. La région, je me le rappelle, est baignée d'une lumineuse clarté, mais, en un sens, elle évoque une froide et sobre image peinte sur porcelaine. J'ai pris la plume dans l'espoir que vous liriez cette lettre pendant votre séjour là-bas.

J'avais espéré, et je l'ai tenté, vous écrire une lettre dont la lecture, après coup, vous eût incité à goûter l'agrément du vent, la pipe à la bouche, mais, malgré mes efforts, je ne puis, et j'ai déjà gâché nombre de feuillets. Pourtant je ne m'étais pas attendue à une quelconque difficulté. Je voulais vous exprimer, en toute simplicité, les sentiments qui m'obsèdent, et je désirais obtenir votre approbation sur un point. J'ai beaucoup réfléchi à la manière d'aborder le sujet qui m'occupe, et mes réflexions ont été pour moi comme une sorte de brouillon. Mais sitôt que je prends la plume, tout ce que je veux vous dire fond soudain sur moi en même temps et... Non! ce n'est pas cela. En vérité, toutes sortes de chagrins se précipitent sur moi de toutes parts, telles les vagues blanches d'écume, à Ashiya, les jours de grand vent, et ces chagrins me plongent dans la confusion. Il n'empêche, je veux continuer.

Cher Josuke, l'avouerai-je ? Je sais tout sur vous et Mère. Je l'ai appris le jour même où Mère est morte. En cachette, j'ai lu son journal.

Si je devais vous dire ceci de vive voix, comme cela me serait difficile ! Outre ce que ma tentative pourrait avoir de pénible, il me serait sans doute impossible de vous adresser la parole sans incohérence. Je suis capable de m'expliquer, en ce moment, uniquement parce que je vous écris. Non que je sois remplie d'effroi ou d'horreur : je ne le suis que de tristesse. Ma langue est paralysée par le chagrin, par un chagrin qui ne concerne pas seulement Mère, ou vous, ou moi, mais qui embrasse toute chose : le ciel bleu au-dessus de moi, le soleil d'octobre, l'écorce sombre des myrtes, les tiges de bambou balancées par le vent, même l'eau, les pierres et la terre. Tout ce qui dans la nature frappe mon regard se colore de tristesse quand j'essaie de parler. Depuis le jour où j'ai lu le journal de Mère, j'ai remarqué que la nature changeait de couleur plusieurs fois par jour, et qu'elle en change soudainement, comme à l'instant où le soleil disparaît, caché par des nuages. Dès que ma pensée se porte vers vous et Mère, tout ce qui m'entoure devient autre. Le saviez-vous? En plus des trente couleurs au moins que contient une boîte de peinture, il en existe une, qui est propre à la tristesse et que l'œil humain peut fort bien percevoir.

Ce que je sais de vos relations avec Mère montre qu'il s'agissait d'un amour que nul n'approuve et que nul ne saurait approuver. Vous seul et Mère savez quel fut cet amour partagé – et personne d'autre. Votre femme Midori n'en sait rien. Je n'en sais rien moi-même. Aucun de nos parents ne le sait. Nos plus proches voisins et ceux qui habitent de l'autre côté de la rue, même nos amis les plus chers, n'en savent rien. Maintenant que Mère est morte, vous êtes seul à savoir. Et le jour où vous quitterez ce monde, nul être sur cette terre n'imaginera qu'un tel amour ait jamais existé. Jusqu'à présent, je croyais que l'amour était semblable au soleil, éclatant et victorieux, à jamais béni de Dieu et des hommes. Je croyais que l'amour gagnait peu à peu en puissance, tel un cours d'eau limpide qui scintille dans toute sa beauté sous les rayons du soleil, frémissant de mille rides soulevées par le vent et protégé par des rives couvertes d'herbe, d'arbres et de fleurs. Je croyais que c'était cela, l'amour. Comment pouvais-je imaginer un amour que le soleil n'illumine pas et qui coule de nulle part à nulle part, profondément encaissé dans la terre, comme une rivière souterraine ?

Mère m'a menti pendant treize ans et, à sa mort, elle me mentait encore. Je ne pouvais pas imaginer qu'il y eût des secrets entre nous. Mère elle-même ne cessait de répéter que nous étions toutes deux seules en ce monde. Elle ne refusait de me dévoiler qu'une chose : les raisons de son divorce d'avec mon père, mais elle ajoutait pour se justifier que je ne serais pas en mesure de comprendre cela avant mon mariage. Comme je désirais arriver à ce jour ! Non que je fusse impatiente de connaître ce qui s'était passé entre eux, seulement je savais combien Mère souffrait de ne pas me faire partager ses secrets. En vérité, il semblait que ce lui fût intolérable. Et dire qu'elle a pu me cacher un autre secret !

Quand j'étais petite, Mère m'a raconté l'histoire du loup qui, possédé par un démon, trompa un petit lapin. Le loup fut changé en rocher, en punition de son péché. Mère m'a trompée, elle a trompé Midori, elle a trompé tout le monde. Dieu ! Qu'est-ce donc qui l'a poussée à agir ainsi ? A-t-elle été possédée d'un affreux démon ? Oui, c'est bien ce qui est arrivé. Mère employait le mot « pécheur » dans son journal : *« Moi, et Misugi aussi, nous sommes des pécheurs. Et puisqu'il ne nous est pas possible de ne pas être des pécheurs, soyons au moins de grands pécheurs. »* Pourquoi n'a-t-elle pas écrit « nous sommes possédés par le démon » ? Pauvre, pauvre Mère, plus à plaindre que le loup qui trompa le petit lapin ! Et pourtant, Mère et vous, vous auriez donc voulu devenir des pécheurs, de grands pécheurs ? Un amour qui ne peut survivre qu'au prix du péché doit être bien triste. Quand j'étais petite, un jour, quelqu'un m'a acheté un presse-papier à la foire : une fleur artificielle rouge, dans une boule de verre. Je l'ai pris et je suis partie, mais, tout à coup, je me suis mise à pleurer. Nul n'aurait pu en deviner la cause. Des pétales, comme raidis par le gel, immobiles dans du verre froid, des pétales inanimés, que ce fût le printemps ou l'automne, des pétales plongés dans la mort... À la pensée de ce que ces pétales avaient dû ressentir, je fus soudain remplie de tristesse. De cette même tristesse qui m'envahit aujourd'hui. L'amour entre vous et Mère était comparable à ces pétales...

Cher Josuke, vous voici peut-être fâché que j'aie lu en secret le journal de Mère, mais je dois dire que depuis longtemps déjà j'avais le pressentiment qu'elle ne se rétablirait pas. Je ne sais quoi, dans son aspect, me donnait le terrible avertissement que ses derniers moments approchaient. Pourtant, rien ne le laissait présager. Certes, depuis six mois, elle était toujours un peu fiévreuse, mais elle n'avait pas perdu l'appétit et, vous le savez, elle avait le teint plus frais et elle prenait du poids. Malgré tout, à mesure que passaient les semaines, je ne pouvais me défaire de l'impression que son dos se décharnait de façon inquiétante, surtout suivant les lignes qui joignent le cou aux épaules.

La veille de sa mort, Midori vint prendre de ses nouvelles, et je me rendis dans la chambre de Mère pour l'informer de cette visite; mais, quand j'ouvris les portes à glissière, j'eus un sursaut. Mère détourna le visage. Elle était assise sur son lit et avait revêtu un *haori* en soie gris-mauve, brodé de grands chardons brillants. Un vêtement dont elle m'avait depuis longtemps fait cadeau, car il était trop voyant pour elle, à ce qu'elle disait, et qu'elle avait rangé dans un coffre dont elle ne l'avait jamais plus sorti. Jusqu'à ce moment…

« Qu'y a-t-il ? dit Mère en se retournant vers moi, apparemment étonnée de ma surprise.

– Par exemple ! »

Après avoir seulement prononcé ces mots, je ne trouvai plus rien à ajouter. Et, un instant plus tard, je ne savais même plus pourquoi j'avais d'abord fait la moue. Je me mis à rire. Mère avait toujours montré quelque extravagance dans son goût vestimentaire et il n'était pas surprenant qu'elle eût revêtu ses vêtements d'autrefois. Depuis sa maladie, c'était devenu l'une de ses habitudes quotidiennes, je suppose, pour se distraire. Toutefois, en y réfléchissant aujourd'hui, je me rappelle que je fus choquée de la trouver revêtue de ce *haori* de soie. Elle paraissait si belle que je n'exagère pas en disant qu'elle semblait éblouissante. Et pourtant, dans le même moment, on eût dit qu'elle était en proie à un sentiment de profonde solitude. Je n'avais jamais remarqué cette attitude chez elle. Midori entra à ma suite dans la chambre. Après avoir crié « Comme c'est beau ! », elle s'assit un instant sans parler, comme fascinée, elle aussi, par la splendeur du *haori*.

Toute la journée, je me rappelai cette splendeur, mais aussi l'effrayante solitude que révélait à mes yeux le dos de Mère couvert du *haori*. C'était comme si un morceau de plomb froid s'était glissé au plus profond de mon cœur.

Vers le soir, le vent qui avait soufflé toute la journée tomba et, avec l'aide de notre servante Sadayo, je ratissai les feuilles mortes dans le jardin et je les fis brûler. Je décidai aussi d'aller chercher quelques bottes de paille de riz que nous avions achetées à un prix exorbitant plusieurs jours auparavant, et que je voulais faire brûler, afin d'obtenir une couche de cendres pour le brasero à charbon de bois qui brûlait dans la chambre de Mère. Mère, qui regardait par la fenêtre, sortit sur la véranda, portant un paquet soigneusement fait et enveloppé dans du papier de couleur. «Fais brûler également ceci, dit-elle.

– Qu'est-ce que c'est? lui demandai-je.

– Peu importe», répondit-elle d'un ton inhabituellement sec. Mais sans doute se ravisa-t-elle l'instant d'après, car elle dit calmement : «Un journal. Le journal de ta mère. Fais brûler le paquet tel qu'il est.» Puis elle se détourna et s'en alla par le couloir d'un pas mal assuré, comme chassée par le vent.

Il me fallut près d'une demi-heure pour obtenir les cendres. Pendant que la dernière botte de paille de riz se changeait en fumée pourpre, j'avais pris ma décision. Je montai en cachette dans ma chambre avec le journal et le dissimulai en retrait sur une étagère. Cette nuit-là, le vent se remit à souffler. Tout en regardant, de ma fenêtre située à l'étage supérieur, je me mis à songer que le jardin, vivement éclairé par l'effrayante blancheur de la lune, ressemblait à une grève sauvage et blême dans les pays de l'Extrême-Nord, et le bruit du vent me rappelait le déferlement des vagues. Mère et Sadayo étaient déjà allées se coucher et je restais seule debout. Après avoir empilé cinq ou six épais volumes d'une encyclopédie contre la porte pour empêcher qu'elle ne fût ouverte de l'extérieur, et après avoir tiré les rideaux, car j'avais même peur du clair de lune qui pénétrait à flots dans la chambre, je réglai l'abat-jour de ma lampe de bureau et plaçai le grand cahier en pleine lumière.

Cher Josuke, j'ai pensé que, si je laissais passer cette occasion, je ne saurais jamais rien au sujet de mon père et de Mère. Jusqu'alors j'avais naïvement songé attendre jusqu'à mon mariage pour apprendre quelque chose. Mais après avoir vu Mère vêtue de ce *haori*, j'avais changé d'avis. Car j'étais certaine – et c'était pour moi un douloureux secret – qu'elle ne se rétablirait jamais plus.

Je dois cependant avouer que j'avais eu quelques échos sur les motifs du divorce de mes parents grâce à ma grand-mère d'Akashi, et grâce à quelques autres parents. À l'époque j'avais cinq ans et j'habitais à Akashi avec Mère, grand-mère et les servantes, et mon père, je le savais, poursuivait ses études, afin d'obtenir ses diplômes de pédiatre, à l'université de Kyoto. Par un jour de grand vent, en avril, une jeune femme qui tenait un bébé dans les bras vint voir Mère. À peine entrée dans la salle des hôtes, la femme plaça le bébé dans l'alcôve, puis elle tira de son panier une chemise de nuit et s'en revêtit. C'est ainsi que la trouva Mère lorsqu'elle arriva en apportant le thé. Pour sûr, la femme était folle. Nous découvrîmes plus tard que le bébé anémique qui dormait dans l'alcôve était l'enfant de mon père et de cette femme.

Par la suite, j'appris que le bébé était mort et que la femme, dont la démence était temporaire, s'était rétablie. On dit qu'elle est à présent mariée et qu'elle vit heureuse avec un négociant à Okayama. Peu après cet événement, Mère quitta Akashi et m'emmena. Quant à mon père, qui avait pris le nom de famille de ma mère, il dut divorcer. Lorsque j'atteignis l'âge d'aller à l'école, grand-mère me déclara : « Saiko s'est montrée trop entêtée. Elle aurait dû pardonner. »

Était-ce l'excessive sensibilité de Mère qui lui avait interdit de pardonner à mon père ?

Voilà tout ce que je sais d'eux. Jusqu'à sept ou huit ans, j'eus la conviction que mon père ne pouvait pas être en vie. On m'avait élevée dans la certitude qu'il était mort. Et même aujourd'hui j'ai cette impression. Mon père qui dirige, dit-on, un grand hôpital à moins d'une heure d'ici, mon père qui, dit-on, ne s'est pas remarié, ce père bien réel, je ne puis me le représenter, quelque effort que je fasse. Sans doute le directeur de l'hôpital est-il véritablement vivant, mais mon père – le père de Shoko –, lui, est mort voici bien longtemps…

J'ouvris le journal de Mère à la première page et le mot qui frappa tout d'abord mon regard avide ne fut pas celui que j'attendais. Ce fut le mot « péché ». Le péché, le péché, le péché ! Il se répétait inlassablement, écrit dans un mouvement si furieux que j'avais peine à croire que j'avais sous les yeux l'écriture de ma mère. Au-dessous de cet entassement de «péchés», comme si elle avait souffert d'assumer le poids de ce mot, elle avait écrit, semble-t-il au hasard : *«Dieu, pardonnez-moi! Midorisan, pardonnez-moi!»* Toutes les autres phrases s'effacèrent à mes yeux, et seuls les mots de cette ligne me parurent réels, comme d'abominables démons prêts à s'élancer sur moi toutes griffes dehors.

Je fermai le journal immédiatement. Quel instant affreux ce fut! Tout était silencieux autour de moi et je n'entendais que les battements de mon cœur. Je me levai pour m'assurer que ni portes ni fenêtres ne pourraient s'ouvrir et, quand je retournai à mon bureau, j'avais repris assez de courage pour ouvrir de nouveau le cahier. Avec le sentiment que je m'étais moi-même changée en démon, je le lus de la première à la dernière page. Je n'y trouvai pas une seule ligne concernant le secret que j'avais si ardemment désiré connaître, celui de mes parents. Je n'y trouvai que votre histoire, celle des relations entre Mère et vous, une histoire dont je n'avais pas soupçonné l'existence, et rapportée dans des termes d'une violence dont je n'aurais jamais cru Mère capable. Tantôt elle souffrait, tantôt elle était en extase, tantôt elle priait, tantôt elle sombrait dans le désespoir, tantôt elle décidait de se tuer... Oui, elle a souvent songé au suicide ! Elle écrivait qu'elle se tuerait si par hasard Midori venait à découvrir ce qui se passait. Dire que Mère, qui eut toujours avec Midori des entretiens si enjoués, a pu avoir à ce point peur d'elle !

Après avoir lu le journal, je sus que Mère avait été obsédée par la pensée de la mort tout au long de ces treize dernières années. Parfois pendant quatre ou cinq jours, d'autres fois pendant deux ou trois mois consécutifs, elle ne notait rien dans son journal, mais à chaque page elle était face à face avec la mort. *« La mort, voilà le remède. La mort résout le problème, n'est-ce pas ? »* Ces mots dictés par le désespoir, ces mots insensés, qu'est-ce donc qui les lui faisait écrire ? *« Lorsqu'on a appris à mourir, que doit-on redouter ? Montre-toi plus ferme, Saiko ! »* Qu'est-ce qui faisait tenir à ma mère si douce des propos aussi dénués de pudeur ? Était-ce là ce beau et glorieux sentiment qu'on appelle l'amour ? Une fois, pour mon anniversaire, vous m'avez fait cadeau d'un livre. Il contenait l'image d'une splendide femme nue près d'une magnifique fontaine ; le flot de ses longs cheveux ruisselait sur ses seins semblables à des boutons de fleurs, dressés vers le ciel et qu'elle pressait de ses deux mains, et le livre disait que c'était cela, l'amour. Mais quelle différence avec l'amour qui existait entre vous deux!

Depuis que j'ai lu le journal de Mère, Midori est devenue pour moi l'être le plus horrible qui soit au monde. La secrète souffrance de Mère ne s'est pas effacée, elle est devenue la mienne propre. Cette Midori qui m'embrassait jadis de ses lèvres pincées! Cette Midori que j'aimais à tel point qu'il m'était difficile de dire qui je préférais, de Mère ou d'elle! C'est Midori qui m'a fait cadeau de ma giberne d'écolière, avec une énorme rose peinte dessus, pour fêter mon entrée à l'école primaire d'Ashiya. L'été où j'allai en colonie de vacances, c'est elle qui m'a donné un radeau en forme d'oiseau. Quand j'étais au lycée, je récitais en classe *Tom Pouce,* de Grimm, et tous applaudissaient, et c'était Midori qui m'aidait à apprendre ma leçon presque chaque soir, et c'était elle encore qui me félicitait avec le plus de chaleur après la leçon.

Et elle a fait bien d'autres choses, bien d'autres choses encore! Quoi que j'évoque de mon enfance, je retrouve toujours la présence de votre femme Midori, la cousine et l'amie de ma mère. Midori qui fut jadis bonne au mah-jong, au golf, en natation, au ski, bien qu'elle ne s'adonne plus guère, aujourd'hui, qu'à la danse. Midori qui faisait souvent des pâtés plus gros que ma tête. Midori qui nous stupéfia une fois, Mère et moi, en amenant une troupe de ballerines de Takarazuka. Pourquoi s'est-elle trouvée toujours mêlée à notre existence, avec cette joie de vivre qu'elle irradiait comme une rose géante ?

Si j'ai jamais conçu un soupçon à votre sujet et au sujet de Mère, ce fut certainement il y a un an environ. Ce jour-là, j'étais en route pour l'école avec une amie, et nous étions parvenues presque à la gare quand je m'aperçus que j'avais oublié mon cahier d'anglais à la maison. Je priai mon amie de m'attendre, et je revins chercher mon cahier. Mais je ne pus ouvrir le portail. Je savais que notre servante était partie, ce matin-là, faire une course, et que Mère était censée se trouver seule à la maison. Cependant le fait qu'elle fût toute seule, à l'intérieur, me fit éprouver un sentiment de gêne. En réalité, j'avais peur. Durant un instant, je restai devant le portail à regarder les épais massifs d'azalées, hésitant à entrer et, finalement, je renonçai à mon cahier et je retournai auprès de mon amie. Je ne pouvais pas m'expliquer l'impression bizarre que je ressentais. Il me semblait soudain que Mère vivait, seule à la maison, des minutes bien à elle depuis que j'étais partie pour l'école, que, si j'étais entrée, elle en eût été gênée et que son visage eût exprimé de la tristesse. Je marchais en donnant des coups de pied aux cailloux de la route, et, quand j'arrivai à la gare, je m'adossai au banc de bois, dans la salle d'attente, sans prêter attention aux paroles de mon amie.

Ce fut la première et la dernière fois que j'éprouvai cette impression. Mais ce pressentiment me semble aujourd'hui effrayant. Qui sait ? Midori a peut-être eu le même pressentiment en quelque circonstance, exactement comme j'en ai eu un sans la moindre raison ? Même lorsqu'elle jouait aux cartes, Midori, dont le flair était plus subtil que celui d'un pointer, était fière de pénétrer les pensées d'autrui. Il est terrible d'y penser, mais peut-être mon angoisse est-elle ridicule et abusive. D'ailleurs, tout est bien fini maintenant. Le secret a été gardé ou plutôt non, Mère est morte pour garder le secret. C'est bien, je pense, pourquoi elle est morte.

En ce jour de malheur, veille de celui où elle commença à souffrir de douleurs brèves, fulgurantes, Mère m'appela auprès d'elle et, d'un air bizarrement détaché, elle me dit : « Je viens de prendre du poison. Je suis lasse. Lasse de continuer à vivre. Lasse. »

Elle ne semblait pas s'adresser à moi, mais à Dieu à travers moi, et sa voix avait une étrange pureté, comme une musique céleste. Le mot « péché, péché, péché », cent fois répété, et tout ce que j'avais trouvé la veille au soir dans son journal, tout cela s'écroulait maintenant autour d'elle, avec un fracas que je pouvais percevoir distinctement. La masse de cet édifice, haut de plusieurs étages, constituée par tous les péchés qu'elle avait commis pendant treize ans, écrasait en cet instant ma mère mourante et l'entraînait. Hébétée, assise sur mes jambes repliées, je suivis son regard, qui semblait fixer quelque chose au loin, puis je me sentis gagnée par un accès de colère semblable à une soudaine bourrasque de fin d'automne : une brûlante, une éclatante explosion d'indescriptible fureur contre quelque chose, je ne sais quoi. Je fixai des yeux son visage et je dis : « Je comprends. »

Ces mots, je les prononçai comme si tout cela ne me concernait pas. Mais, après lui avoir répondu ainsi, je sentis ma tête devenir froide et insensible et, avec une étrange sérénité qui me surprit moi-même, je me levai. Au lieu de traverser la salle des hôtes, j'empruntai les deux longs couloirs, comme quelqu'un qui marcherait sur l'eau. C'est à ce moment que les brefs hurlements de Mère commencèrent, comme si elle s'engloutissait dans les eaux sombres de la mort, et je pris alors le téléphone pour vous appeler. Mais ce fut Midori, toute bouleversée, qui fit irruption dans la maison cinq minutes plus tard. Mère mourut en tenant la main de Midori, l'être qu'elle avait à la fois aimé et redouté plus que quiconque. Midori étendit un linge blanc sur le visage de Mère, ce visage qui ignorerait désormais toute souffrance, tout chagrin...

Cher Josuke, la première nuit de veillée funèbre fut si paisible qu'on imagine mal qu'une telle nuit soit possible. Les allées et venues des gens, des policiers, du docteur, des voisins avaient pris fin à la tombée de la nuit, et nous restâmes seuls, vous, Midori et moi, devant le cercueil de Mère. Chacun de nous observait le silence, comme si nous prêtions l'oreille à la montée d'une eau qui nous eût cernés. Chaque fois qu'un bâton d'encens était réduit en cendres, nous allions, chacun à notre tour, plongés dans nos prières, les mains jointes, en allumer un autre, face à une photographie de Mère. Parfois nous ouvrions la fenêtre, pour renouveler l'air. Vous paraissiez le plus profondément affligé de nous trois. Une fois, en vous levant pour aller allumer un nouveau bâton d'encens, vous avez fixé intensément et tranquillement la photographie et je crus lire sur votre visage un léger sourire, dont personne, sinon Mère, ne pouvait comprendre le sens. Qu'importent les difficultés que Mère connut de son vivant ; elle n'en a pas moins pu goûter le bonheur, me dis-je à plusieurs reprises au cours de cette nuit.

Vers neuf heures, alors que je m'approchais de la fenêtre, je me mis soudain à pleurer. Vous vous êtes levé calmement et vous avez un instant posé votre main, avec douceur, sur mon épaule ; puis, sans prononcer un mot, vous êtes retourné à votre place. Mes pleurs, à ce moment-là, n'étaient pas causés par le chagrin que m'inspirait la mort de Mère. Je pleurais parce que Mère, je m'en souvenais, n'avait pas même prononcé votre nom dans ses derniers moments, et aussi parce que je me demandais pourquoi Midori était accourue, à votre place, quand j'eus téléphoné. Ces faits et d'autres semblables affluant à ma mémoire, il me semblait être soudain submergée par la douleur. C'était, je pense, l'effet de ma pitié pour vous, car vous et Mère aviez dû jouer votre rôle jusqu'au moment de la mort, afin de protéger votre amour. Et puis je me rappelais aussi les pétales de fleur écrasés dans la masse du presse-papier!... J'ouvris la fenêtre pour contempler le ciel glacial constellé d'étoiles, et je réprimai mon chagrin prêt à exploser en un cri aigu. Mais en songeant qu'à cet instant l'amour de Mère montait au ciel parmi les étoiles et que son amour secret, ignoré de tous, planait dans le champ des astres, je ne pus résister plus longtemps au violent besoin de crier. La tristesse de la mort de Mère comparée à la désespérance de cet amour envolé vers le ciel me semblait presque dénuée de sens.

Quand je saisis mes baguettes, au repas de minuit, je pleurai à chaudes larmes, une fois encore. Midori me dit de sa voix calme et avec sa douceur habituelle : « Tâchez de vous maîtriser. Je sais ce que vous éprouvez et il m'est pénible de ne pouvoir vous aider. »

Comme j'essuyais mes larmes et levais mon regard vers elle, je constatai qu'elle aussi était en larmes. À la vue de ses beaux yeux mouillés, je hochai la tête en silence, et je me remis à pleurer, tant Midori m'apparut soudain pathétique. Lorsque je la vis disposer les aliments dans quatre petites assiettes, la première pour l'offrande à Mère, une pour vous, une autre pour moi et la dernière pour elle, je ne sais pourquoi je pris soudain conscience que Midori était, de nous tous, la plus digne de pitié, et ce sentiment me fit éclater en sanglots.

Au cours de la nuit, je pleurai encore une fois. J'étais allée me coucher dans la chambre voisine, après que vous et Midori m'eurent dit de le faire. D'après vous, je serais totalement épuisée le lendemain si je passais la nuit à veiller. Sitôt couchée, je m'endormis profondément, mais je me réveillai bientôt, inondée de sueur. Je jetai un coup d'œil à la pendulette sur l'étagère latérale de l'alcôve et je me rendis compte qu'une heure à peine s'était écoulée depuis que je m'étais endormie. La chambre contiguë à la mienne, où l'on avait placé le cercueil, était aussi tranquille qu'auparavant et le seul bruit que j'entendais était celui de votre briquet lorsque, de temps en temps, vous en faisiez usage. Une demi-heure environ s'écoula, et puis vous avez dit : « Voulez-vous prendre un peu de repos, Midori ? Moi, je veillerai.

– Non, merci. Ne voulez-vous pas vous-même vous reposer ? » répondit votre femme.

J'entendis cette brève conversation entre vous et Midori – pas un mot de plus –, et tout retomba dans le silence qui régnait auparavant, et qui, après, ne fut plus troublé. Sous les draps, je pleurai amèrement pour la troisième fois. Je pleurais parce que tout me semblait voué à un isolement triste, effrayant. Vous trois – Mère, déjà devenue une âme, et vous et Midori –, vous étiez réunis dans la même chambre, et chacun de vous avait ses pensées secrètes mais n'en disait mot. Quand je me représentais cette scène, le monde des adultes me semblait intolérable, comme un monde de solitude, de tristesse et d'horreur…

Cher Josuke, ma lettre est incohérente sur bien des points, mais j'ai tenté d'exprimer mon état d'âme présent en toute sincérité, car je désire que vous approuviez l'objet de ma requête.

Le voici : je ne veux plus vous voir, ni vous ni Midori. Je ne peux plus jouer à l'enfant vis-à-vis de vous avec la même candeur, ou présumer avec la même innocence de l'affection de Midori, maintenant que j'ai lu le journal de Mère. Je veux me dégager des décombres du péché sous lesquels ma mère a été écrasée. Je n'ai plus la force de continuer ma lettre.

Je laisse la maison d'Ashiya aux bons soins de M. Tsumura, un de mes parents ; pour le moment, j'ai l'intention de retourner à Akashi et de gagner ma vie en ouvrant un magasin, mettons, de mode étrangère. Mère m'a conseillé, dans son testament, de recourir à vous en toutes choses, mais, si elle avait vu dans quel état d'esprit je me trouve actuellement, elle n'aurait jamais fait cette suggestion.

J'ai brûlé le journal dans le jardin, aujourd'hui. Le grand cahier est devenu une poignée de cendres, et, tandis que j'allais chercher un peu d'eau pour noyer le feu, un léger tourbillon a tout dispersé, en même temps que les feuilles mortes.

Lettre de Midori

Monsieur Josuke Misugi,

Tandis que j'écris ton nom, précédé de ce « monsieur » cérémonieux, je sens mon cœur battre d'émotion en dépit de mon âge (au fond je n'ai que trente-trois ans !), comme si j'écrivais une lettre d'amour. J'ai écrit quantité de lettres de ce genre au cours des dix dernières années, les unes en secret, d'autres ouvertement, mais aucune ne t'était destinée. Pourquoi ? Je parle sérieusement et, de ce fait, j'éprouve un sentiment bizarre, que je ne puis raisonnablement expliquer. Ne trouves-tu pas également cela étrange ?

Mme Takagi (peut-être la connais-tu ? c'est la dame qui ressemble à un renard quand elle est maquillée) a jadis composé des portraits dialogués sur tout le beau monde qui habite les banlieues riches, d'Osaka jusqu'à Kōbe. Un jour, elle prétendit, avec bien peu de savoir-vivre, que tu n'étais pas homme à t'intéresser aux femmes, que tu ne comprenais pas leur subtile psychologie et que, le jour où l'une d'elles te subjuguerait, tu serais incapable de la subjuguer à ton tour. Elle fit cette déclaration indiscrète dans un léger état d'ébriété, si bien que tu ne devais pas y avoir attaché une grande importance, mais tout de même il y a de cela en toi. D'abord, tu n'as jamais connu la solitude. Tu ne t'es jamais senti en proie à la solitude. Parfois, tu sembles morose, mais ton visage ne reflète jamais vraiment un désir insatisfait. En toute circonstance, tu trouves des solutions bien tranchées, et tu es fermement convaincu que tes opinions sont toujours justes. Il t'est permis de croire que tu comptes avant tout sur toi, mais, je ne sais pourquoi, cela donne envie de te faire chanceler. Bref, une femme te considère plutôt comme difficile à vivre, tout en estimant qu'il te manque certaines des qualités attractives dont les autres hommes sont pourvus, et elle trouve tout à fait inutile de se mettre en frais pour toi, même si elle en éprouve l'envie.

Aussi est-il sans doute déraisonnable que je montre quelque impatience à te faire comprendre le sentiment bizarre, inexplicable, que j'éprouve en songeant qu'aucune de mes lettres ne te fut adressée. C'est étrange, n'est-ce pas ? Pourtant, il aurait pu aisément se faire qu'une ou deux lettres d'amour te fussent destinées, car toutes celles que j'ai écrites expriment mes sentiments à ton égard, bien qu'elles fussent adressées à des hommes différents. L'explication est, semble-t-il, fort simple : ma timidité naturelle me rend incapable d'écrire à mon mari. C'est comme si j'avais conservé une espèce de candeur naïve de sorte que je ne puis m'empêcher d'écrire à des hommes auxquels je puis le faire à tête reposée. On peut voir dans ce fait l'influence de ma mauvaise étoile, les effets de la malchance qui m'a marquée à ma naissance et, par la même occasion, peut-être ma malchance est-elle aussi la tienne.

Ces manœuvres dangereuses
Peuvent vous faire renoncer à la sérénité hautaine
Qui, de loin, m'émerveille.

L'automne dernier, tandis que je pensais à toi, dans ton bureau, j'ai confié mes impressions à ce poème. Il a pour sujet les sentiments d'une malheureuse épouse qui se retient de troubler (je veux dire, qui ne sait pas comment troubler) la tranquillité de son mari, en train d'examiner dans son bureau, mettons par exemple un vase blanc de la dynastie Yi (ah, la citadelle gardée de tous côtés, formidable et imprenable, que tu es!).

Tu m'accuseras peut-être de mensonge. Mais, même en jouant au mah-jong toute la nuit, j'ai toujours conservé assez de présence d'esprit pour projeter ma pensée vers toi, dans ton bureau. Comme tu le sais, le poème eut pour effet, c'est très regrettable, de troubler la sérénité d'un jeune professeur. Je veux parler de M. Tagami, ce philosophe fanatique qui a maintenant été promu, de simple lecteur, au grade de professeur adjoint, de sorte qu'il est heureusement devenu indépendant. J'avais, en effet, secrètement laissé le poème sur son bureau, dans son appartement. À l'époque, mon nom a eu les honneurs des potins d'un journal et je t'ai causé quelques ennuis. Je l'ai déjà dit plus haut : les gens désespèrent d'ébranler ta sérénité. Et, en effet, ces potins t'ont-ils ébranlé?...

Allons, finissons-en avec ces bavardages qui ne feront qu'amplifier ton mécontentement. Aussi, en viendrai-je aux affaires sérieuses.

Quand nous jetons un regard sur le passé, notre mariage, qui n'existe que de nom, semble avoir duré très longtemps, n'est-ce pas? Alors, n'as-tu pas envie d'en finir une fois pour toutes? Certes, il est assez triste d'en arriver là, mais, si tu n'y vois pas d'objection, prenons tous deux les mesures propres à recouvrer notre liberté.

Maintenant que tu vas cesser toute activité dans différents domaines (je m'étais attendue à l'inverse, mais j'ai lu ton nom parmi ceux des hommes d'affaires touchés par l'épuration), je crois que c'est pour toi une excellente occasion de mettre en même temps un terme à notre union. Je t'exposerai ma requête en peu de mots. Je me contenterai des villas de Takarazuka et de Yase. La résidence de Yase est de dimensions convenables et les environs satisfont mes goûts, de sorte que, sans avoir même encore obtenu ton accord, j'ai projeté depuis un certain temps de m'y établir et de vendre la maison de Takarazuka pour environ deux millions de yens sur lesquels je vivrai le reste de mes jours. C'est là, ajouterai-je, la dernière manifestation de mon égoïsme, en même temps que la première et dernière de mes exigences, puisque je ne me suis jamais montrée abusive à ton égard.

Si soudaine que soit ma proposition, ne va pas croire que je fréquente en ce moment un joli garçon qui pourrait être mon amant. Non! Tu n'as pas à redouter de me voir succomber aux séductions intéressées de quiconque. Je le regrette, mais je n'ai jamais encore rencontré un homme que je puisse appeler mon amant sans en éprouver de la honte. Une nuque charmeuse et soignée, un corps jeune et robuste comme celui d'une antilope..., peu d'hommes satisfont à ces deux simples conditions. Je regrette d'avouer que je fus, tout d'abord, à ce point fascinée par mon mari au début de mon mariage que même aujourd'hui, après plus de dix ans, je ne puis résister à son attirance.

À propos d'antilopes, je me rappelle avoir lu dans les journaux que l'on avait découvert dans le désert de Syrie un garçon tout nu, qui partageait la vie des antilopes. Quelle admirable photographie! Ah! la netteté de ses traits, sous les cheveux fous, la beauté de ses jambes, capables, disait-on, de courir à cinquante milles à l'heure! Même aujourd'hui je me sens frémir au souvenir de ce garçon.

L'intelligence, tel est bien le mot qui dépeint un tel visage, et l'animalité celui qui, je pense, définit semblable corps!

Depuis que j'ai contemplé la photographie de ce garçon, tous les hommes me paraissent banals. Si jamais un désir impur a embrasé le cœur de ta femme, cela s'est fait dans l'instant où je fus fascinée par le garçon-antilope. Quand je me représente son corps tendu, tout moite de la rosée du désert – ou plutôt quand je pense à la simplicité de son extraordinaire destinée –, même aujourd'hui, je me sens pénétrée d'un sentiment étrange, comme sauvage.

Il y a deux ans, je devins, pour un temps, folle de Matsushiro, un peintre d'avant-garde. Cela m'ennuierait que tu croies tout ce qu'on a dit à ce sujet. À cette époque, un étrange reflet de tristesse émanait de ton regard, qui trahissait sans aucun doute ta pitié. Il n'y avait pourtant rien qui justifiât cette pitié. Même alors, j'éprouvais comme une attirance pour ton regard. Son pouvoir n'égalait certes pas celui du garçon-antilope, mais il était merveilleux. Toi qui pouvais avoir un si merveilleux regard, pourquoi ne m'avais-tu jamais regardée ainsi auparavant? La force n'est pas l'unique qualité chez un homme. Quand ton regard tombait sur moi, c'était toujours celui d'un homme qui examine une porcelaine, n'est-ce pas vrai? Il me fallait donc rester froide et dure, me tenir tranquille dans un coin, comme si j'eusse été moi-même une pièce rare de l'ancienne époque chinoise Kutani. Conséquence : un jour je me suis rendue dans l'atelier de Matsushiro et j'ai posé pour lui. Toute question personnelle mise à part, je tiens à dire que j'estime hautement son talent, surtout lorsqu'il peint une maison. Encore qu'il imite trop Utrillo, il me semble que peu de peintres, dans le Japon d'aujourd'hui, soient capables d'exprimer la mélancolie (et c'est un sentiment extrêmement fugace) en peignant une bâtisse d'ailleurs quelconque. Quant à l'homme Matsushiro, peuh! au-dessous de la moyenne! Si je te donne la note 100, il ne vaut pas plus de 65. Malgré son talent, il est vulgaire et, tout en étant bien habillé, il manque d'élégance. Quand il met sa pipe à la bouche, il paraît même un peu ridicule. Peut-être est-ce là l'aspect d'un peintre de second plan dont toutes les qualités sont absorbées par son œuvre.

Au début de l'été dernier, je me suis entichée de Tsumura, le jockey de *Blue Honor,* qui remporta le Prix du ministère de l'Agriculture. À cette époque, ton regard brillait de malice, et une lueur de franche réprobation y avait remplacé la pitié. Au début, quand je te croisais dans le hall, je pensais que ton regard reflétait le vert feuillage des arbres du dehors; mais, un jour, je me dis que j'avais commis une erreur flagrante. Évidemment, j'étais extrêmement insouciante. Si j'avais deviné la signification de ton regard, je n'aurais pas demandé mieux que d'y répondre, avec froideur ou avec chaleur. Mais, en ce temps-là, tous mes sens étaient captivés par la beauté de la vitesse, et ta façon médiévale d'exprimer tes sentiments m'était incompréhensible. Pourtant, rien qu'une fois, j'aurais aimé te faire admirer le magnifique esprit de compétition de Tsumura, plaqué sur la croupe de l'invincible *Blue Honor,* quand il remontait plus de dix chevaux consécutivement, sur la ligne d'arrivée. Si tu avais pu, alors, apercevoir dans tes jumelles l'allure de cet être à la fois grave et pathétique (bien sûr, je parle de Tsumura et non de *Blue Honor)* tu aurais été toi-même, j'en suis sûre, fou de lui.

Ce garçon de vingt-deux ans, que semblait parfois effleurer un vague remords, s'efforça, à deux reprises, d'améliorer son record, simplement parce que je le regardais faire. C'était la première fois que j'observais semblable manifestation de l'amour. En dehors du pur désir de me voir le féliciter, aussi longtemps qu'il montait la jument marron, il oubliait absolument tout ce qui me concernait, et il devenait un véritable dieu de la vitesse. Sans aucun doute, je connus dans ces moments l'une des plus grandes joies de ma vie à voir mon amour (il s'agissait bien d'une sorte d'amour) courir tout au long d'une ellipse de 2 270 mètres, sous l'effet d'une passion limpide comme l'eau de roche. Je ne regrette pas le moins du monde d'avoir donné à Tsumura ces trois diamants que j'avais sauvés pendant la guerre. Cependant, ses qualités les plus émouvantes n'étaient évidentes que lorsqu'il montait *Blue Honor*; dès qu'il mettait pied à terre, ce n'était plus qu'un garçon grossier et inculte, incapable d'apprécier l'arôme d'un bon café. Il va de soi que la compagnie de ce garçon, avec sa combativité désespérément casse-cou quand il montait à cheval, me plaisait davantage que celle de l'écrivain Senoö ou de Mitani, ce socialiste dégénéré. Mais cela n'allait pas plus loin. Ainsi je ménageai finalement une rencontre entre le jockey et une danseuse de dix-huit ans (elle aussi, une de mes toquades), et je donnai au garçon l'argent nécessaire pour leur mariage.

Je me suis égarée dans mes bavardages et me suis éloignée de mon sujet. Bien sûr, si je m'établis à Yase, au nord de Kyoto, il restera en moi un goût de vivre suffisamment vif pour m'empêcher de faire retraite. Je n'ai pas la moindre intention de connaître l'existence d'une austère douairière. Je te conseille, pour passer le temps à venir, de construire un four à cuire les coupes de porcelaine; quant à moi, je cultiverai des fleurs. En les vendant aux fleuristes de la rue Shijo, elles seront, me dit-on, d'un très bon rapport. Si je me fais aider par une servante d'un certain âge, par une jeune fille et par deux autres femmes que j'ai en vue actuellement, je puis facilement faire mille ou deux mille œillets par an. Pour un temps, notre maison là-bas sera fermée aux visiteurs mâles, car je suis écœurée par les pièces qui gardent l'odeur des hommes. Mais oui, je dis ce que je pense!... Aujourd'hui, j'ai l'intention de naître à une vie nouvelle, et d'organiser une bonne fois mon existence en vue de trouver un vrai bonheur qui me convienne.

Tu peux être surpris par ma soudaine proposition... Ou plutôt non : tu as dû, je pense, souvent te demander pourquoi je ne te la faisais pas?

Quand je remonte le cours du temps, mille détails accumulés font que je me pose cette question : comment, pendant plus de dix ans, ai-je pu mener semblable existence avec toi? Dans une certaine mesure, on m'a étiquetée comme une femme trop libre, et les gens ont dû nous prendre tous deux pour des excentriques, mais nous en sommes venus là sans grand dommage sur le plan social. Sur ce point, tu peux me féliciter, je crois.

Il est pénible d'écrire une lettre d'adieu. Je ne pleurniche pas volontiers, mais je n'aime pas non plus me montrer trop brutale. Je voudrais présenter ma demande de divorce avec élégance, en évitant de nous blesser l'un et l'autre, mais je ne suis pas capable d'éliminer entièrement de cette lettre des traces de sentimentalité. Après tout, une lettre qui parle de divorce ne peut être une lettre agréable, quelle que soit la personne qui l'écrit. Je voudrais, dans ces conditions, m'exprimer en termes directs, comme il convient dans une demande de divorce. J'écrirai donc une lettre franchement désagréable, et qui augmentera ta froideur à mon égard.

C'était en février 1934, vers neuf heures du matin. Je me trouvais dans une chambre, au second étage de l'hôtel Atami, et je me rappelle t'avoir aperçu, dans ton costume gris, sur une falaise, en contrebas de ma chambre. C'est une histoire ancienne, très ancienne, aussi confuse, aujourd'hui, qu'un rêve ; mais écoute-moi, et garde ton sang-froid. Quelle fut ma douleur lorsque ce *haori* de soie, orné de chardons brillants, frappa mon regard. Celle qui portait ce vêtement, une grande et belle femme, s'est approchée de toi. Je ne m'étais pas attendue que mon pressentiment se vérifiât aussi exactement, et pourtant c'était pour savoir s'il était fondé ou non que j'étais accourue, après avoir passé toute la nuit dans le train, sans même fermer l'œil. Suivant le cliché banal, si j'avais vécu cela en songe, j'aurais voulu m'arracher à ce cauchemar. J'avais alors vingt ans, l'âge actuel de Shoko, et le choc était brutal pour une jeune mariée ignorant l'A B C de la vie. J'appelai le garçon d'étage, je réglai ma note (j'essayai de lui donner l'impression que tout allait bien tandis qu'il se demandait ce qui m'était arrivé), et je sortis, avec le sentiment qu'il m'eût été impossible de rester plus longtemps dans la chambre. Je m'arrêtai un instant sur le trottoir, devant l'hôtel, une douleur fulgurante au cœur, sans savoir si je me dirigerais vers la mer ou si je remonterais vers la gare. Je me mis à descendre vers la plage, mais, avant d'avoir parcouru cinquante mètres, je m'arrêtai de nouveau. Immobile, je regardai la mer hivernale, scintillante au soleil, et qui semblait barbouillée d'un bleu de Prusse que l'on viendrait juste de presser hors du tube. Un peu plus tard, je tournai le dos à la mer et, changeant d'idée, je m'acheminai vers la gare. Maintenant que j'y réfléchis, je me rends compte qu'en agissant ainsi, c'est moi qui ai posé les bases de la situation qui est la nôtre présentement. Si j'étais descendue vers la mer, où vous vous trouviez, je serais, aujourd'hui, différente de ce que je suis. Mais, chance ou malchance, je ne l'ai pas fait. Sans aucun doute, ce fut le tournant décisif de mon existence.

Pourquoi n'ai-je pas suivi le chemin qui conduit à la mer? La raison est celle-ci : je ne pus réprimer le sentiment que, par rapport à cette très belle femme, de cinq ou six ans mon aînée – par rapport à ma cousine Saïko –, j'étais en état d'infériorité à tous points de vue : expérience, savoir, talent, beauté, tendresse. Je n'avais même pas l'art de tenir une tasse de café, de parler littérature, de goûter la musique, de me maquiller! Oh! quel désarroi fut le mien! Le désarroi d'une jeune mariée de vingt ans, et que rien ne saurait mieux exprimer qu'une ligne courbe et pure tracée sur la toile d'un peintre. Peut-être as-tu connu cette impression en plongeant dans la mer, au début de l'automne? L'impression de ne plus oser faire un mouvement, de ne plus pouvoir faire un mouvement sans ressentir la froideur piquante de l'eau. Moi aussi, je redoutais de faire un mouvement. Ce fut longtemps, bien longtemps après que j'eus le courage de me décider : puisque tu me trompais, je te tromperais aussi.

Une fois, toi et Saïko-san, vous attendiez l'express, dans la salle d'attente des secondes classes, à la gare de Sannomiya. C'était un an, peut-être, après l'incident de l'hôtel Atami. Je me trouvais mêlée à un groupe d'écolières semblables à des fleurs qui partaient en excursion, et, ce jour-là, je me suis demandé si j'allais ou non pénétrer dans la salle d'attente. J'ai gardé aussi, présent à l'esprit, le souvenir de cette nuit où je restai longtemps, devant le portail clos de la maison de ma cousine Saïko, à me demander si j'allais sonner. Les insectes bourdonnaient intensément. Je ne pouvais détacher mon regard de la chambre du second étage d'où filtrait une lumière tamisée, à travers les rideaux légèrement écartés. Il me semble que c'est vers la même époque que s'est produit l'incident de Sannomiya, mais je ne saurais dire si c'était au printemps ou en automne. Pour ce genre de souvenirs je perds la notion des saisons. Nombreuses furent les situations analogues; tu ne manquerais pas de grogner en signe de désapprobation, si je te les rappelais. Malgré tout, je ne pris pas de mesure définitive. Même le jour de l'hôtel Atami, me disais-je, je n'étais pas descendue vers la mer. Même en ce temps-là… Et, peu à peu, le chagrin que j'avais été à peine capable de supporter quand je me rappelais le spectacle pénible de la mer scintillante et bleu de Prusse s'atténua graduellement.

Durant une période dans ma vie, je fus véritablement au bord de la folie, mais je pense que le temps a fini par imposer une certaine tournure à nos rapports. Comme on voit se refroidir le fer porté au rouge, tu te conduisis d'abord avec froideur et je répondis par une froideur égale; alors tu accentuas davantage encore ton attitude raide et, de fil en aiguille, nous avons atteint cet actuel degré de froideur, ce merveilleux esprit de famille, si glacial que l'un et l'autre nous avions souvent l'impression que nos cils étaient raidis par le givre. Une famille figée dans la froideur? Le mot «famille» est trop chargé de tendresse, d'humanité pour que j'en fasse usage. Il vaudrait mieux, et je pense que tu es d'accord, parler de «citadelle». Autant que je me souvienne, depuis plus de dix ans, chacun de nous s'est retranché derrière les murs de sa citadelle; tu m'as trompée et je t'ai trompé (mais c'est toi qui as eu l'initiative). Quel calcul affligeant peut bien faire un homme! Notre existence s'est entièrement édifiée sur nos secrets respectifs. Tu as prétendu ne pas faire cas de mes agissements scandaleux, et pourtant c'était tantôt le mépris, tantôt le déplaisir, tantôt l'ennui que je lisais dans tes yeux. Souvent j'appelais la servante, de la salle de bains, pour qu'elle m'apportât des cigarettes. Quand je rentrais à la maison après une absence, je tirais souvent de mon sac un programme de cinéma et je m'en servais comme d'un éventail. Peu importait que je fusse dans la salle des hôtes ou bien dans le couloir quand je me mettais de la poudre française. Quand je raccrochais le téléphone, il m'arrivait d'esquisser un pas de valse. J'invitais à dîner les premières danseuses du corps de ballet de Takarazuka, puis je me faisais photographier au milieu d'elles. Je jouais au mah-jong, vêtue d'une robe de chambre matelassée. Pour mon anniversaire je priais les servantes de mettre des rubans dans leurs cheveux, et je n'invitais que des étudiants à mes réunions tumultueuses. Je savais fort bien que ces fantaisies te faisaient froncer les sourcils. Mais jamais tu ne m'as adressé, jamais tu n'as osé m'adresser de reproches sur ma conduite. Ainsi n'avons-nous jamais eu de scènes. La tranquillité de nos citadelles respectives n'a jamais été troublée. Seule l'atmosphère qui régnait chez nous était devenue étrangement orageuse, menaçante, irritante, comme la chaleur dans le désert. Toi qui étais capable de tuer un faisan ou une tourterelle avec ton fusil de chasse, que ne pouvais-tu me tuer d'une décharge en plein cœur? Si tu me trompais aussi manifestement, que ne me trompais-tu de façon plus cruelle, totale? Une femme peut parfois être changée en déesse, même par les tromperies d'un homme.

Mais si je fus capable de supporter semblable vie avec toi pendant plus de dix ans, ce fut, autant qu'il m'en souvienne, pour la seule raison que persistait en moi, au plus profond de mon cœur, l'espoir qu'un jour viendrait où notre association prendrait fin, ou quelque événement se produirait, ou quelque chose arriverait. En quoi consisterait ce quelque chose, je ne pouvais envisager que deux solutions : ou bien je revenais vers toi, en fermant les yeux; ou bien, avec le canif que tu m'avais rapporté à ton retour d'Égypte, je te frappais à la poitrine et je faisais couler ton sang. À laquelle des deux solutions crois-tu que j'inclinais? Je l'ignore moi-même.

Et voilà que déjà cinq ans ont passé. Et il s'est produit un événement de ce genre, te rappelles-tu? Si mes souvenirs sont exacts, c'était juste après ton voyage en Asie du Sud. J'étais absente quand tu rentras. Je ne revins à la maison que trois jours après ton retour, et quelque peu ivre. Je pensais que tu étais allé à

Tokyo pour affaires et je fus surprise de constater que tu étais déjà rentré. Tu étais seul dans le salon, occupé de ton fusil. Tout ce que je dis fut «Eh bien! Me voici», puis je sortis sur la véranda et m'assis sur le canapé pour prendre le frais. Je te tournais le dos. Le parasol de la table de jardin avait été posé sous l'auvent, appuyé à l'une des portes vitrées à glissière, qui réfléchissait une partie du salon. Je pouvais ainsi apercevoir ton visage, tandis que tu frottais le canon de ton fusil à l'aide d'un chiffon blanc.

J'étais tombée dans cet état de langueur que l'on éprouve quand on est saturé de plaisir. À bout de forces, trop fatiguée pour bouger le petit doigt, je laissai machinalement mon regard s'attacher à ton reflet sur la vitre. Tu avais fini de frotter le canon et tu remontais la culasse, que tu avais également nettoyée. Alors tu levas et abaissas plusieurs fois le fusil en épaulant chaque fois. Mais peu après le fusil ne bougea plus. Tu l'appuyas fermement contre ton épaule et tu visas, en fermant un œil. Je me raidis soudain et me rendis compte que le canon était manifestement dirigé vers mon dos.

«Il va me tirer dessus?» me demandai-je.

Bien sûr, le fusil n'était pas chargé, mais il m'intéressait de voir si tu voulais me tuer. Je pris un air indifférent et fermai les yeux.

« Vise-t-il mon épaule, mon dos ou ma nuque ? » pensai-je.

J'attendis impatiemment d'entendre le claquement sec de la gâchette dans la quiétude de la pièce, mais il ne retentit jamais. Si je l'avais entendu, je serais tombée raide, car j'avais envisagé d'agir ainsi si j'avais été la cible chérie de celui qui avait été toute ma vie pendant des années…

À la longue, la patience m'abandonna et, précautionneusement, j'ouvris les yeux afin de te regarder en train de me viser. Je restai ainsi un certain temps. Mais, tout à coup, cette comédie me parut ridicule, et je fis un mouvement. Et quand mon regard se porta vers toi – et non vers ton reflet dans la vitre –, tu détournas vivement de moi le canon du fusil. Tu te mis à viser les roses alpestres que tu avais rapportées du mont Amagi et qui avaient fleuri cette année pour la première fois, et enfin tu pressas la détente. Pourquoi ne pas avoir tué ta volage épouse ? Je méritais assez, je pense, à cette époque, d'être abattue. Tu avais clairement l'intention de m'assassiner et pourtant tu n'as pas pressé la détente. Si tu n'avais pas, oui, si tu n'avais pas tenu pour négligeable mon inconduite, si ta haine avait fait balle à travers mon cœur, je me serais serrée contre toi. Ou, au contraire, j'aurais pu te faire voir mon adresse au tir. En tout cas, puisque tu avais refusé d'agir, je détournai mon regard des roses que tu avais prises pour cible à ma place, et d'un pas volontairement mal assuré, tout en fredonnant la chanson *Sous les toits de Paris,* je me dirigeai vers ma chambre.

Par la suite, des années passèrent encore, sans plus offrir d'occasion décisive d'aboutir à l'une ou à l'autre des deux solutions. Et puis vint l'automne. Les fleurs du myrte sombre étaient d'un rouge plus éclatant que jamais auparavant, et je pensai : « Un événement imprévu va se produire. » C'était un obscur pressentiment, mais c'était comme si j'attendais cet événement inconnu.

La veille de la mort de Saïko-san, je vins pour la dernière fois m'informer de sa santé. Ce jour-là, après plus de dix années, je tressaillis en revoyant le même *haori*, dont l'image, comme un cauchemar, s'était imprimée sur ma rétine, il y avait si longtemps, en cet éblouissant matin ensoleillé, à Atami ! Ce même *haori*, avec ses chardons mauves, énormes, bien apparents, pesait lourdement sur les frêles épaules de ta chérie, rongée par son mal ! Quand j'entrai dans sa chambre, je m'écriai : « Magnifique ! » Puis je m'assis et m'efforçai au calme. Mais, en pensant aux raisons qui lui faisaient porter le *haori* sous mon nez, je sus que j'allais perdre mon sang-froid. Le crime d'une femme qui avait volé son mari à une autre femme, l'humiliation ressentie par une fille de vingt ans qui venait de se marier, ces deux choses ne pouvaient manquer de demander un jour ou l'autre réparation. Et ce jour, semblait-il, était arrivé ! Je dévoilai mon secret, auquel je n'avais jamais fait la moindre allusion depuis plus de dix ans et je l'étalai devant le *haori* orné de chardons :

« Votre *haori* vous rappelle des souvenirs, n'est-ce pas ? » dis-je.

Elle eut un cri de surprise, bref, presque inaudible et se tourna vers moi. Je la regardai fixement dans les yeux, car c'était à elle de détourner le regard.

« Vous le portiez le jour où vous vous trouviez avec mon mari à Atami, n'est-ce pas ? repris-je. Veuillez m'excuser, mais j'étais là, et j'ai tout vu. »

Comme je m'y attendais, elle blêmit, et je vis ses muscles, autour de la bouche, se contracter dans un rictus d'écœurement. De fait, j'éprouvais moi-même un sentiment d'écœurement. Puis, incapable de prononcer un mot, elle baissa la tête et fixa ses mains pâles, posées sur ses genoux.

À ce moment, je me sentis envahie par une sorte de jubilation, comme si j'avais vécu toutes ces années pour jouir enfin de cet instant. Mais, en une autre partie de moi-même, je ressentais une indicible tristesse à l'idée que l'un des deux dénouements possibles était tout proche. Longtemps je restai assise, immobile, pétrifiée. Comme elle doit avoir souhaité disparaître de ma vue!

Après un moment, elle fut tant bien que mal capable de relever son visage blême; elle me regarda intensément, et je sentis qu'elle allait mourir; sans doute est-ce à cette seconde que la mort s'est insinuée en elle. Sinon, elle n'aurait pas fixé sur moi ce regard tranquille. Dans le jardin, l'ombre et la lumière dansaient sous le feuillage que perçaient les rayons du soleil, et dans la maison voisine, un piano s'arrêta de jouer.

«Bah! Cela ne fait rien. Maintenant, je vous le donne sans autre formalité!» dis-je.

À ces mots, je me levai et j'allai chercher les roses blanches que j'avais apportées pour elle. Je les avais laissées sous la véranda. Je les plaçai dans le vase sur l'étagère et les arrangeai un peu. Une nouvelle fois, j'abaissai mon regard vers sa nuque amaigrie, tandis qu'elle penchait la tête, et en songeant que c'était peut-être la dernière fois que je la voyais (quel affreux pressentiment!) je lui dis : «Ne vous tourmentez pas! Nous sommes à égalité, puisque je vous ai menti, moi aussi, depuis plus de dix ans.»

Malgré moi, je me mis à rire. Son silence, en tout cas, était extraordinaire. Pendant toute cette scène elle était restée sans prononcer un mot, sans faire un mouvement, comme si elle avait retenu son souffle. L'affaire était jugée. Maintenant, elle était libre d'agir à sa guise. Alors, avec une grâce parfaite, dont j'eus conscience, je quittai rapidement sa chambre.

«Midori-san!»

Pour la première fois depuis mon arrivée, j'entendis sa voix, derrière moi, mais, sans répondre, je pris le couloir pour partir.

«Oh, comme vous êtes pâle!»

Je sortis comme d'un rêve en entendant Shoko qui arrivait avec le thé, et je me rendis compte que mon visage, comme celui de Saïko, avait perdu toute couleur.

J'espère que maintenant tu comprends parfaitement pourquoi je demande le divorce, ou plutôt, pourquoi c'est à toi de le demander. Je suis navrée d'avoir écrit tant de choses désagréables, mais la triste vie que nous avons menée pendant plus de dix ans semble proche de son épilogue. Je t'ai écrit tout ce que j'avais à te dire. J'aimerais que tu m'envoies ton accord écrit, pendant ton séjour dans l'Izu, si possible.

Au fait, j'ai une fameuse nouvelle à t'apprendre, avant de finir. Aujourd'hui pour la première fois depuis tant d'années, au lieu de laisser faire la servante, j'ai moi-même rangé ton bureau. J'ai pensé que c'était un endroit rêvé pour quelqu'un qui cherche la tranquillité. Ce m'était bien agréable d'être assise sur le canapé, et le vase Ninsei, semblable à une fleur pourpre, faisait beaucoup d'effet sur l'étagère à livres. J'ai donc écrit ma lettre dans ton bureau. Le Gauguin n'est pas en harmonie avec le style de la pièce et, d'ailleurs, je voudrais l'emporter, si tu es d'accord, dans la maison de Yase. Je l'ai donc décroché sans ta permission et je l'ai remplacé par un paysage de neige, de Vlaminck. J'ai ensuite rangé ton armoire, j'y ai serré tes trois complets d'hiver, et en les choisissant suivant mon goût, j'ai ajouté à chacun une cravate convenable. J'espère que tu les aimeras.

Lettre de Saïko

Quand tu liras ces mots, je ne serai plus. J'ignore ce que peut être la mort, mais je suis sûre que mes joies, mes peines, mes craintes ne me survivront pas. Tant de préoccupations à ton sujet, et tant de préoccupations sans cesse renouvelées au sujet de Shoko... Tout cela n'aura bientôt plus de raison d'être en ce monde. Mon corps et mon âme vont disparaître.

Il n'empêche que bien des heures, bien des jours après que je m'en serai allée, que je serai retournée au néant, tu liras cette lettre, et elle te dira, à toi qui resteras en vie après que je ne serai plus, les nombreux sujets de réflexion qui furent les miens de mon vivant. Comme si tu entendais ma voix, cette lettre te dira mes pensées, mes sentiments, des choses que tu ignores. Ce sera comme si nous bavardions, comme si tu entendais ma voix. Tu vas être bien étonné, et sans doute affligé, et tu vas m'en vouloir. Mais, je le sais, tu ne pleureras pas.

Tu auras seulement ce regard triste, ce regard que nul autre que moi ne t'a jamais vu, et peut-être diras-tu : « Tu es folle, chérie. » Je vois d'ici ton expression, et j'entends ta voix.

C'est pourquoi, au-delà de la mort, ma vie demeurera présente dans cette lettre jusqu'à ce que tu en aies achevé la lecture. Dès l'instant que tu l'auras ouverte, que tu auras commencé à la lire, tu y retrouveras la chaleur de ma vie. Et pendant quinze ou vingt minutes jusqu'à ce que tu en aies lu le mot final, cette chaleur se répandra dans ton corps entier, elle emplira ton esprit de toutes sortes de pensées, comme elle le fit du temps où je respirais encore.

Quelle étrange chose qu'une lettre posthume ! Même si la vie enfermée dans cette lettre ne doit durer que quinze ou vingt minutes, oui, même si cette vie doit avoir cette brièveté, je veux te révéler mon « moi » profond. Si effrayant que cela paraisse, je sens bien, maintenant, que de mon vivant je ne t'ai jamais fait voir mon « moi » véritable. Le « moi » qui écrit cette lettre est mon moi, mon véritable « moi »…

Je puis encore me rappeler la beauté du mont Tennozan à Yamazaki, avec son feuillage rouge mouillé par les averses de l'automne finissant. Nous nous abritions de la pluie, sous l'auvent du vieux porche, à l'entrée de la fameuse maison de thé, devant la gare ; nous levions les yeux vers la montagne qui s'élançait très droite, en arrière de la gare, et nous surplombait majestueusement ; et, subjugués par sa beauté, nous retenions notre souffle. Ce spectacle insolite était-il l'effet d'un caprice de ce soir de novembre peu à peu gagné par la pénombre ? Ou était-il l'effet du temps bizarre qu'il faisait ce jour-là, avec ces courtes averses qui s'étaient succédé tout au long de l'après-midi ? En tout cas, la montagne offrait à nos yeux un luxe de couleurs qui nous retenait plutôt d'en entreprendre l'ascension. Treize ans ont passé depuis lors, mais je garde encore le souvenir ébloui de la magnificence du feuillage et de la façon dont il me fit venir les larmes aux yeux.

C'était la première fois que nous étions *nous-mêmes.* Le matin, tu m'avais fait parcourir la banlieue de Kyoto et j'étais à la limite de mes forces. Tu devais être fatigué, toi aussi. Comme nous gravissions l'étroit et raide sentier de montagne, tu m'as dit sans raison apparente : « L'amour est une obsession. Il est parfaitement normal d'être obsédé par le besoin d'une tasse de thé. Alors, pourquoi n'aurais-je pas le droit d'être obsédé par toi ? » Puis, tu ajoutas : « Nous seuls avons pu jouir de la beauté du Tennozan. Nous seuls en avons joui par nous-mêmes et au même instant. Désormais, nous ne pourrons jamais revenir en arrière. »

Je croyais entendre un gosse mal élevé qui ronge son frein.

Ces mots sans importance mais désespérés que tu prononças me firent renoncer à ma décision, comme si tu l'avais, d'un seul coup, réduite à néant, car j'avais résolu de rompre avec toi et je m'étais promis de te le signifier ce matin-là. Mais la mélancolie que je ressentis après tes paroles fit naître en moi le désir d'être aimée comme toute femme le souhaite.

Comme il m'était facile de me pardonner ma propre inconduite, quand j'avais été incapable de pardonner celle de mon mari !

Tu as prononcé le mot « pécheur » pour la première fois à l'hôtel Atami, et tu as dit : « Soyons des pécheurs. » Te rappelles-tu ?

Pendant la nuit, dans notre chambre qui donnait sur la mer, les volets de bois se mirent à battre sous le vent, et quand tu te levas à minuit pour les ouvrir afin de faire cesser le bruit, j'aperçus dans le chenal une barque de pêche qui flambait comme si l'on en faisait un feu de joie. Bien sûr, plusieurs vies humaines étaient à deux doigts de la mort, mais nous n'en éprouvâmes pas la moindre horreur. Seule, la beauté de la scène nous frappa. Cependant, lorsque tu refermas ensuite les volets, je ressentis comme une angoisse. Je les rouvris aussitôt, mais le bateau devait être consumé jusqu'à la ligne de flottaison, car je ne pus distinguer la moindre lueur – seule était visible l'immense étendue sereine et comme huileuse de la mer enténébrée.

Jusqu'à cette nuit, j'avais essayé de rompre avec toi. Mais, après avoir vu brûler la barque de pêche, je renonçai à la lutte et c'est volontiers que je m'abandonnai à ce qui me paraissait être mon destin. Quand tu m'as dit : « Ne veux-tu pas m'empêcher de tromper Midori aussi longtemps que nous vivrons ? », je t'ai répondu sans hésiter : « Puisque nous ne pouvons éviter d'être des pécheurs, soyons du moins de grands pécheurs. Et aussi longtemps que nous vivrons, nous tromperons non seulement Midori, mais encore tout le monde. » Et cette nuit-là, pour la première fois depuis que nous avions commencé à nous retrouver à l'insu de tous, je connus un sommeil sans trouble.

Dans le spectacle du bateau qui avait flambé et que la mer avait englouti, sans que nul s'en aperçût, il me semblait avoir vu le symbole de la fin réservée à notre amour sans espoir. Même à l'heure où j'écris ces mots, je conserve la vision de ce bateau dont les flammes brillaient dans l'obscurité. Ce que je vis, cette nuit-là, à la surface de la mer, n'était sans doute que le supplice aussi bref que pathétique d'une femme consumée par les feux de l'amour.

Mais à quoi bon rappeler ces souvenirs ? Les treize années dont ces événements marquèrent le début ne furent certes pas exemptes de chagrin ni d'angoisse : malgré tout, je pense encore que mon bonheur fut plus complet que celui de quiconque. Les étreintes, les caresses que t'inspirait ta folle passion m'ont fait connaître, je puis l'affirmer, un bonheur plus grand que celui dont peut rêver tout être au monde.

Aujourd'hui, tant qu'il a fait jour, j'ai parcouru les pages de mon journal, et je me suis dit que j'avais employé trop souvent les mots «mort», «péché» et «amour». Ils m'ont rappelé, une fois encore, que la voie que j'avais choisie avec toi était la moins facile. Mais le poids de ce gros cahier, quand je le soupesai, n'en était pas moins le poids de mon bonheur.

«Péché», «péché», «péché». J'étais obsédée par le sens du péché, et à chaque instant l'image de la mort venait frapper mon regard. Je pensais que, si Midori-san venait à apprendre notre amour, je devrais payer mon péché de ma mort. Mais mon bonheur y gagnait encore en profondeur.

Qui pouvait imaginer l'existence d'un second «moi», différent de celui que décrivaient ces pages? C'est là, penseras-tu sans doute, manquer de modestie et de délicatesse que de présenter la chose ainsi, mais je ne vois pas d'autre façon d'en parler. Eh oui! En cette femme nommée Saïko, il a existé une autre femme, que j'ai longtemps ignorée, une autre femme que tu n'as jamais connue ni jamais imaginée.

Un jour, tu m'as dit que tout être abritait un serpent dans son corps. C'était le jour où tu étais allé voir le docteur Takeda, à la section scientifique de l'université de Kyoto. Tandis que tu t'entretenais avec lui, j'attendais dans le long couloir du sombre bâtiment en brique rouge, et je passais le temps à observer, l'un après l'autre, les serpents exposés dans les vitrines. Quand tu es revenu vers moi, une demi-heure plus tard, j'en avais presque la nausée.

Tu as jeté un coup d'œil aux vitrines et tu m'as dit en plaisantant : « Voici Saïko, voici Midori, et me voici. Chacun de nous abrite en lui un serpent. Il n'y a pas de quoi avoir peur. »

Le serpent de Midori-san était petit, de couleur sépia, et provenait de l'Asie méridionale ; celui dont tu disais qu'il était le mien était mince, d'origine australienne, entièrement recouvert d'écailles blanches, avec une tête pointue comme une lame. Qu'avais-tu voulu dire au juste ? Je ne t'ai jamais interrogé à ce sujet, mais tes paroles me parurent comme chargées de mystère et je n'ai jamais pu les oublier. Je me suis souvent interrogée sur ce serpent que chacun, selon toi, porte en lui, et j'ai conclu tantôt qu'il symbolisait l'égoïsme, tantôt la jalousie, et tantôt le destin.

Même maintenant, je ne peux choisir entre ces diverses interprétations, mais il est sûr, comme tu l'as dit à l'époque, qu'un serpent habite en moi, et qu'il vient de faire son apparition aujourd'hui pour la première fois. Ce serpent, c'est cet autre «moi» que je ne connaissais même pas…

Il a fait son apparition cet après-midi. Quand Midori-san vint prendre de mes nouvelles et pénétra dans ma chambre, je portais le *haori* de soie gris-mauve que, voici bien longtemps, tu avais fait venir pour moi de Mito City et que, pendant ma jeunesse, j'aimais plus que tous mes autres vêtements. Midori-san le remarqua dès son entrée. Elle parut étonnée, car elle s'arrêta au milieu de ce qu'elle avait commencé à dire, et resta un moment silencieuse. Je me dis qu'elle avait dû être surprise par l'excentricité de ce vêtement de jeune fille et, avec une pointe de malice, je demeurai sans rien dire, moi aussi.

Alors, elle me regarda avec une bizarre froideur dans les yeux et me dit : «C'est le *haori* que vous portiez quand vous vous trouviez avec Misugi, à Atami, n'est-ce pas? Je vous ai vus tous deux ce jour-là.»

Son visage était étonnamment pâle et grave, et sa voix était aussi tranchante qu'une lame dont elle eût voulu me transpercer.

Sur le moment, je ne compris pas ce qu'elle avait voulu dire. Mais un instant plus tard, quand je me fus pénétrée de l'importance de sa remarque, je relevai le col de mon kimono, sans raison plausible, et je me raidis comme un automate.

« Elle sait tout, pensai-je. Et depuis si longtemps ! »

Assez étrangement, je me sentais calme, comme si je m'étais trouvée au bord de la mer, le soir, à regarder la marée monter vers moi, du large. Je vis presque le moment où j'allais lui prendre la main, lui exprimer ma sympathie, et dire : « Ah ! vous savez donc. Vous savez tout. »

La catastrophe que j'avais tant redoutée était arrivée, mais je n'en étais pas effrayée. On eût dit que les bruits assourdis de la plage remplissaient l'espace entre nous deux. Un instant avait suffi pour que le voile du secret, que toi et moi avions jalousement gardé pendant treize ans, fût brutalement arraché, mais ce que je trouvais était bien différent de la mort à laquelle je m'étais attendue. Cela ressemblait – comment dire ? – à de la sérénité, à de l'apaisement. En vérité, c'était une paix bien étrange. Je me sentais délivrée. Le triste et lourd fardeau qui avait pesé sur mes épaules n'était plus. À sa place, il ne restait qu'un vide qui me mettait bizarrement au bord des larmes. Je sentis qu'il me fallait penser à un tas de choses. Non point à des choses sombres, tristes, effrayantes, mais plutôt immenses, vagues, sereines et paisibles. Je fus comme soulevée par un sentiment de ravissement ou, mieux encore, par le sentiment de ma libération.

J'étais assise, l'esprit ailleurs, le regard fixé sur celui de Midori-san, et pourtant je ne voyais rien. Je n'entendais même pas ce qu'elle me disait. Quand je revins à la réalité, Midori-san était déjà sortie de la chambre et marchait dans le couloir à pas pressés.

« Midori-san ! » appelai-je.

Pourquoi ce cri ? Je l'ignore. Peut-être souhaitais-je qu'elle vînt s'asseoir un peu plus longtemps en face de moi ? Si elle était revenue sur ses pas, j'aurais pu lui dire tout simplement, tout uniment : « Veux-tu me donner ton mari sans autre formalité ? » J'aurais aussi pu lui dire et avec la même sincérité : « Le moment est maintenant venu que je te rende ton mari. »

J'ignore ce que j'aurais dit. Mais Midori-san ne revint pas.

« Quand Midori-san découvrira notre secret, je mourrai », avais-je songé. Que cette pensée était ridicule ! « Péché », « péché », « péché », avais-je écrit. Combien ce mot était vide de sens ! Un être qui a vendu son âme au diable est-il nécessairement un diable ? Avais-je trompé Dieu, comme je m'étais trompée moi-même pendant treize ans ?

Puis je m'endormis profondément. Quand Shoko me secoua pour me réveiller, j'éprouvai dans tous les membres une douleur si atroce qu'il me fut impossible de me lever. C'était comme si la fatigue de ces treize dernières années était soudain devenue sensible. Je me rendis compte que mon oncle était assis près de mon oreiller. Tu l'as rencontré une seule fois (il est en effet très pris). Il était venu s'enquérir de ma santé, mais il ne pouvait rester plus d'une demi-heure, parce qu'il se rendait à Osaka, pour affaires. Il bavarda à bâtons rompus pendant un moment, et bientôt il dut s'en aller.

À la porte il me dit, tout en nouant ses lacets de souliers : « Au fait, Kadota s'est marié voici quelque temps. »

Kadota !... Depuis combien d'années n'avais-je pas entendu prononcer ce nom ? Bien sûr, mon oncle voulait parler de mon ancien mari. Il avait cité son nom par hasard, mais cela m'avait atteint au cœur.

« Quand ? » Ma voix tremblait si fort que j'en eus conscience.

« Le mois dernier ou l'autre avant. On dit qu'il s'est fait construire une nouvelle demeure, près de son hôpital, à Hyogo.

– Ah, oui ? » C'est tout ce que je pus dire.

Quand mon oncle m'eut quittée, je m'en allai dans le couloir, en marchant lentement, pas à pas ; en chemin, je m'appuyai contre une colonne, dans la salle des hôtes. Je me sentais soudain si faible qu'il me semblait que mon corps tombait dans un précipice. Instinctivement, je mis toutes mes forces dans le bras qui s'appuyait sur la colonne. Et quand je regardai par la fenêtre, je vis que les arbres frissonnaient sous le vent mais ne faisaient bizarrement entendre aucun bruit, comme s'ils se trouvaient derrière la vitre d'un aquarium.

« Ah, tout est fini ! »

À ces mots, Shoko, qui se tenait auprès de moi, sans que j'eusse remarqué sa présence, me dit :

« Quoi donc ?

– Je l'ignore moi-même. »

Je l'entendis rire et je sentis sa main qui se posait doucement sur mon dos.

« Que veux-tu dire ? Maintenant, il faut te remettre au lit », fit-elle.

Pressée par Shoko je revins sur mes pas, d'une démarche plus assurée. Mais quand je me fus assise, j'eus l'impression que le monde entier s'effondrait de tous les côtés à la fois. Je m'inclinai sur un flanc en prenant appui sur un bras, et je parvins à me maîtriser, non sans difficulté, aussi longtemps qu'elle resta avec moi. Dès qu'elle fut partie vers la cuisine, je poussai un cri terrible et les larmes ruisselèrent sur mon visage.

Jusqu'à cet instant, je n'aurais jamais cru que la simple annonce du mariage de Kadota me donnerait un tel choc. Que m'était-il donc arrivé ? Un moment après – j'ignore combien cela dura –, je pus me rendre compte que Shoko faisait brûler les feuilles mortes dans le jardin. Le soleil était couché. C'était le soir le plus paisible que j'eusse connu.

« Ah, vous avez déjà allumé le feu », dis-je à voix basse, avec le sentiment que la même idée nous était venue, à Shoko et à moi, de faire du feu, exprès, pour brûler mon journal. Je décidai de me tuer ; je sentis qu'était venu le moment où, quoi qu'il arrivât, je devais mourir. Il serait plus juste de dire que je n'avais plus la volonté de vivre.

Depuis qu'il m'avait quittée, Kadota ne s'était pas remarié. Mais uniquement parce qu'il n'en avait pas eu l'occasion : il s'était en effet rendu à l'étranger pour ses études, puis il avait été envoyé en Asie du Sud pendant la guerre. À présent, je me rends compte que le fait qu'il ne se fût pas remarié constituait un puissant soutien moral pour moi. Pourtant, je te prie de croire que je ne l'ai jamais revu, que je n'avais jamais désiré le revoir depuis notre divorce. Seulement par hasard, j'apprenais sur lui, par bribes, quelques détails insignifiants, que me communiquaient des membres de ma famille fixés à Akashi. En fait, bien des années s'étaient écoulées au cours desquelles il ne m'était même pas arrivé de prononcer son nom.

Maintenant il faisait nuit. Après que Shoko et la servante eurent regagné leurs chambres, je pris un album sur l'étagère. Quelque vingt photographies de Kadota et de moi y étaient collées.

Plusieurs années auparavant, Shoko avait dit : « Ta photo et celle de mon père sont collées de telle manière qu'elles se font face. »

J'avais tressailli. Certes, Shoko n'avait attaché aucune importance à ses paroles, mais, après cette remarque, je m'étais rendu compte qu'effectivement certaines photos, prises juste après notre mariage, se trouvaient collées sur des pages voisines : ainsi quand on fermait l'album, nos visages entraient en contact. Sur le moment, prise au dépourvu par la réflexion de Shoko, je m'étais bornée à répondre : «Cela n'a pas de sens.»

Toutefois, je n'avais jamais oublié ces mots et ils me revenaient à l'esprit de temps à autre. Je n'avais pas, jusqu'aujourd'hui, retiré ces photos de l'album, ni ne les avais changées de place. Aujourd'hui, je me suis rendu compte qu'il était temps de les enlever. J'ai retiré de l'album les photos de Kadota et je les ai placées dans celui de Shoko, afin qu'elle puisse les conserver longtemps, comme souvenirs de jeunesse de son père.

Je ne savais pas que je possédais un second «moi». Le petit serpent d'Australie, dont tu m'avais dit une fois qu'il se cachait dans mon corps, a redressé soudain, aujourd'hui, sa tête tachetée de blanc. Et quant au serpent sépia, venu d'Asie du Sud, celui de Midori-san, il avait avalé notre secret d'Atami d'un coup de sa langue prompte et avait longtemps feint l'innocence.

Qu'est-il donc ce serpent qui, dit-on, habite chacun de nous? Égoïsme, Jalousie, Destin? Peut-être quelque chose d'analogue au karma, qui les contient tous trois, et dont nous ne pouvons disposer à notre gré. Je regrette, mais je n'aurai plus d'occasion de t'interroger à ce sujet. Encore une fois, le serpent qui se cache en chacun de nous est une triste chose. Un jour, dans un livre, j'ai rencontré ces mots : «Le chagrin d'être en vie», et, tandis que j'écris cette lettre, j'éprouve ce chagrin que rien ne saurait apaiser. Quelle est donc cette écœurante, cette effroyable, cette triste chose que nous portons au-dedans de nous?

Pour en être arrivée à ce point de ma lettre, je n'en suis pas moins consciente que je n'ai encore rien écrit à propos de mon moi véritable. Des résolutions que j'avais prises en commençant d'écrire, il ne va bientôt rien rester, et j'ai l'impression de vouloir fuir ce qui me semble horrible.

L'autre «moi», celui que je ne connaissais pas encore... quelle échappatoire commode! J'ai dit qu'aujourd'hui c'était la première fois qu'il se révélait à moi. Eh bien! j'ai menti. Il me semble que j'ai été avertie de son existence voici longtemps déjà.

J'éprouve une douleur affreuse quand je me rappelle la nuit du 6 août, où toute la région comprise entre Osaka et Kōbe fut transformée en une mer de flammes. Shoko et moi, nous étions entrées dans l'abri que tu avais construit toi-même. Quand le bourdonnement des B-29 emplit une fois de plus le ciel au-dessus de nos têtes, j'éprouvai subitement, de façon irrépressible, comme le vide de la solitude, une solitude inexprimable, déprimante. Une solitude aveugle. Il m'a semblé que je ne pouvais pas rester assise plus longtemps à cet endroit, et je suis sortie de l'abri, sans but. Je t'ai trouvé là, debout.

D'est en ouest, le ciel était comme barbouillé de rouge. Le feu avait pris tout près de ta maison, mais tu étais accouru vers moi et tu restais debout, à l'entrée de l'abri. J'y pénétrai alors avec toi, mais, une fois là, je me mis à crier. Toi et Shoko, vous paraissiez croire que ma crise de nerfs avait pour cause la frayeur. À ce moment, et même par la suite, je n'ai pu m'expliquer mes sentiments. Pardonne-moi. Tout enveloppée que j'étais par ton grand amour, plus grand que je ne le méritais, je n'avais qu'un désir au moment où tu es entré : c'était d'aller me mettre devant l'abri de Kadota, à côté de son hôpital, à Hyogo. Une fois, je l'avais aperçu par la fenêtre du train. Prise de tremblements devant ce désir plus fort que moi, j'essayais de l'étouffer au prix des plus grands efforts dont je fusse capable, en criant.

Pourtant ce n'était pas la première fois que je devinais l'existence de ce second « moi ». Quelques années plus tôt, quand tu me fis remarquer, à l'université de Kyoto, que je possédais en moi un petit serpent tout blanc, je sentis mes pieds se crisper sous l'effet de la peur. Jamais comme à cet instant ton regard ne m'avait inspiré autant de frayeur. Peut-être ne parlais-tu pas sérieusement mais j'eus la sensation que mon cœur avait été mis à nu et que mon corps se recroquevillait. La nausée que j'avais éprouvée à la vue des vrais serpents avait été brusquement chassée par ta remarque. Et quand je levai timidement les yeux vers ton visage, je te vis là, debout, l'esprit ailleurs, le regard perdu dans le lointain, avec ta cigarette éteinte à la bouche. Cette attitude était extraordinaire, chez toi. Était-ce un effet de mon imagination ? Mais j'eus l'impression que je n'avais jamais auparavant observé chez toi ce regard absent. Cela ne dura qu'un instant et, quand tu te tournas vers moi, ton expression avait repris sa douceur habituelle.

Jusqu'alors, je n'avais pas eu de notions bien claires de cet autre moi-même, mais tu lui avais donné un nom, et j'en vins à penser, moi aussi, qu'il était un petit serpent tout blanc. Comme je répétais la phrase plusieurs fois, sur la même page de mon journal, je dessinai, en manière d'ornement, la forme d'un petit serpent étroitement enroulé sur lui-même ; la spirale devenait plus fine vers l'extrémité, et la tête, mince comme une lame, se dressait vers le ciel. Cela me rendit un peu de courage de projeter ainsi ce « moi » horrible, écœurant, en une image précise, et qui traduisait, somme toute, l'amour passionné et pathétique d'une femme.

« Même Dieu trouverait que ce dessin d'un serpent est un appel pathétique à la pitié. Il aurait pitié. » Tel était le cours de mes réflexions. Et, depuis cette nuit, il me sembla que j'étais devenue une plus grande pécheresse.

Oui, maintenant que j'en ai tant dit, je ne veux plus rien cacher. Je te supplie de ne pas te fâcher.

Pendant cette nuit où le vent souffla si fort, à Atami, cette nuit, tous deux, nous mîmes à l'épreuve notre décision d'être des pécheurs et de tromper tout le monde ici-bas dans le but d'assurer la sécurité de notre amour...

Après que nous eûmes fait serment de rester fidèles à notre amour audacieux, aussitôt après, nous n'avons plus rien trouvé à nous dire. J'étais étendue sur le drap, et je contemplais en silence l'obscurité au-dessus de ma tête. À aucun autre moment, je n'avais éprouvé semblable impression de quiétude. Cela dura-t-il longtemps? Cinq, six minutes? Ou bien est-ce pendant une demi-heure ou une heure que nous restâmes silencieux, chacun à notre place?

Je me sentais alors esseulée. J'avais oublié ta présence à mon côté et j'étreignais mon âme solitaire. Nous venions d'établir un front uni pour défendre notre amour, mais, puisque nous allions être aussi heureux qu'il est possible de l'être, pourquoi donc succombais-je à cet accès de tristesse désespérée?

Tu avais, cette nuit-là, pris la précaution de tromper tout le monde. Je veux croire que tu ne décidas pas de me tromper moi aussi. Mais, pour ma part, à cet instant, je ne faisais aucune exception, même pour toi. «Aussi longtemps que je vivrai, je tromperai tout le monde, non seulement Midori-san et tous les autres, mais toi aussi et même moi. Telle est ma destinée.» Cette pensée a brûlé paisiblement, comme la flamme d'un feu follet, au fond de mon cœur solitaire.

Il m'avait fallu, jadis, rompre totalement avec Kadota. Je ne puis dire si je l'avais fait par amour ou par haine. Même si l'insouciance était à l'origine de sa faute, je ne pouvais pas me convaincre de lui pardonner sa conduite. Et tout au plaisir de me séparer de lui, je ne me souciai ni de ce qui m'adviendrait, ni de ce que j'aurais à faire. Ensuite, j'ai connu la véritable angoisse. J'ai cherché de toutes mes forces un remède pour la noyer.

Comme c'était peu raisonnable! Après treize ans, tout se présente sous le même aspect qu'autrefois.

Aimer, être aimée! Nos actes sont pathétiques.

À l'époque où j'étais en seconde ou troisième année, à l'école de filles, dans une composition de grammaire anglaise, nous fûmes questionnées sur l'actif et le passif des verbes. Frapper, être frappé; voir, être vu. Parmi bien des exemples de cette sorte brillait ce couple de mots : aimer, être aimé. Comme chaque élève examinait le questionnaire avec attention et réflexion et suçait la mine de son crayon, l'une d'elles, non sans malice, mit en circulation un bout de papier, et la fille qui se trouvait derrière moi me le fit passer. Quand je l'eus sous les yeux, j'y trouvai la double question suivante : Désires-tu aimer? Désires-tu être aimée? Et sous les mots «désires-tu être aimée» de nombreux cercles avaient été tracés à l'encre, au crayon bleu ou rouge. Au contraire, sous les mots «désires-tu aimer» ne figurait aucun signe. Je ne fis pas exception, et j'ajoutai un cercle de plus au-dessous de «désires-tu être aimée». Même à seize ou dix-sept ans, alors que nous ne savons pas tout à fait en quoi consiste «aimer» ou «être aimée», nous autres femmes, nous semblons connaître déjà d'instinct le bonheur d'être aimées.

Mais, au cours de cette composition, l'élève assise à côté de moi prit le bout de papier, y jeta un coup d'œil, puis, sans hésiter, elle traça un grand cercle, d'un coup de crayon appuyé, à l'endroit où ne figurait aucun signe. Elle, elle désirait aimer. Même aujourd'hui, je me rappelle très bien qu'à ce moment je me sentis déconcertée, comme si l'on m'eût attaquée soudain par traîtrise; toutefois, au même instant, j'éprouvai un léger sentiment de révolte, à cause de l'attitude intransigeante de ma compagne. C'était une des élèves les plus ternes de notre classe, une fille effacée, plutôt renfermée. Je ne sais quel avenir a été le sien, avec ses cheveux tirant sur le châtain, et qui restait toujours seule. Mais aujourd'hui, tandis que j'écris cette lettre, après plus de vingt ans déjà, le visage de cette fille solitaire s'impose à moi, comme s'il ne s'était écoulé qu'un temps très bref.

Quand leur vie prend fin, quand elles reposent en paix, le visage tourné vers le mur de la mort – la femme qui peut prétendre avoir pleinement goûté le bonheur d'être aimée et la femme qui peut affirmer avoir aimé, si malheureuse qu'elle ait vécu –, à laquelle Dieu accorde-t-il le repos véritable, la paix éternelle ? Mais en est-il une sur cette terre qui puisse prétendre devant Dieu qu'elle a aimé ? Oui, il doit y en avoir. Cette fille à la chevelure décolorée était sans doute destinée à être l'une de ces rares élues. Malgré ses cheveux arrangés sans goût et ses vêtements peu soignés, malgré son corps sans grâce, elle peut s'enorgueillir d'avoir aimé !

Comme je la hais ! Comme je voudrais oublier son image ! Mais je ne puis me défaire du souvenir de son visage, qui ne cesse de me hanter, quelque effort que je fasse pour m'en débarrasser. Pourquoi faut-il que m'accable cette insupportable angoisse, à l'heure où j'affronte la mort, une mort qui sera là dans quelques heures ? Je reçois le châtiment mérité par une femme qui, incapable de se contenter d'aimer, a cherché à dérober le bonheur d'être aimée.

Après avoir connu treize années de bonheur parce que tu m'as aimée, comme il m'est pénible d'être forcée d'écrire ce genre de lettre.

Le moment, dont j'avais pensé qu'il arriverait fatalement, le moment où le bateau de pêche en feu à la surface de la mer doit s'engloutir dans les flammes, ce moment suprême est enfin arrivé. Je n'ai plus assez de force pour continuer à vivre. Maintenant, je t'ai montré mon véritable «moi». Bien que la vie enfermée dans cette lettre ne soit qu'une vie extrêmement courte – à peine quinze ou vingt minutes –, c'est bien ma vie réelle, la vraie vie de Saïko.

Laisse-moi te dire encore une fois, avant de terminer, que ces treize années sont pour moi aussi nébuleuses qu'un songe. Pourtant j'ai connu le bonheur, grâce à ton immense amour. Plus que personne d'autre au monde.

Quand j'eus terminé la lecture des lettres adressées à Misugi, la nuit touchait presque à sa fin; cependant, je pris sur mon bureau la lettre qu'il m'avait envoyée, et je la relus. Je lus et relus ces mots qui la terminaient et qui me semblaient chargés d'un sens obscur : «Voilà longtemps que je m'occupe de chasse, mais, alors qu'aujourd'hui je suis devenu un solitaire, il y a quelques années, quand j'inspirais le respect de tous tant dans mes activités sociales que dans ma vie privée, avoir le fusil sur l'épaule me paraissait une obligation.»

J'eus soudain conscience de l'insupportable tristesse qu'exprimait en particulier cette écriture à la fois discrète et belle. À la manière de Saïko, j'aurais pu appeler cela le «serpent» qui habitait en lui.

Je me levai, je me dirigeai vers la fenêtre de mon bureau exposée au nord, et je regardai la nuit obscure de mars que les étincelles bleutées projetées par un train électrique illuminaient de brefs éclairs dans le lointain.

Je me demandai quelle signification Misugi avait donnée à ces trois lettres, et ce qu'elles lui avaient appris. Mais pouvait-il y trouver le moindre profit? N'avait-il pas fort bien connu le serpent de Midori et le serpent de Saïko avant de lire leurs lettres?

Je ressentais l'agréable fraîcheur de l'air nocturne sur mon visage. Une partie de mon esprit semblait se trouver sous l'effet d'une drogue. Je posai les mains sur l'appui de la fenêtre et, comme si j'avais eu sous les yeux ce que Misugi appelait son «lit asséché de torrent, blanc et blême», je laissai mon regard plonger dans l'obscurité qui baignait l'étroit jardin et ses épais buissons, juste au-dessous de moi.

Table

DANS LA MÊME COLLECTION
(Extrait du catalogue)

Malerba Luigi
Clopes.
Le feu grégeois.
Les pierres volantes.

Mann Thomas
Tonio Kröger.
La mort à Venise.

Mansfield Katherine
Cahier de notes.
La garden-party.
Lettres.
Pension allemande.

Martinson Harry
Voyages sans but.

Meras Icchokas
La partie n'est jamais nulle.

Meyrink Gustav
Le Golem.

Miller Henry
Virage à 80.
Max et les phagocytes.
Dimanche après la guerre.
Entretiens de Paris.

Nabokov Vladimir
Don Quichotte.
Austen, Dickens, Flaubert, Stevenson.
Proust, Kafka, Joyce.
Gogol, Tourguéniev, Dostoïevski.
Tolstoï, Tchekhov, Gorki.

Nasreen Taslima
Lajja.
Scènes de mariage.

Nicolson Nigel
Portrait d'un mariage.

Nin Anaïs
Les miroirs dans le jardin.
Les enfants de l'Albatros.
Les chambres du cœur.
Une espionne dans la maison de l'amour.
La séduction du Minotaure.

Oates Joyce Carol
Solstice.
Confessions d'un gang de filles.

O'Brien Edna
Qui étais-tu Johnny ?
Les grands chemins.
Lanterne magique.

O. Henry
New York tic tac.

Olivia
Olivia par Olivia

Ozick Cynthia
La galaxie cannibale.

Pa kin
Le secret de Robespierre.

Penn Warren Robert
La grande forêt.
Les fous du roi.

Perutz Leo
Turlupin

Pingwa Jia
Le porteur de jeunes mariées.

Prawer Jhabwala Ruth
Chaleur et poussière.
La vie comme à Delhi.
Cette lutte incertaine.

Purdy James
L'oiseau de paradis.

Queiroz Rachel de
L'année de la grande sécheresse.

Radičević Branko
Le trou de la serrure.

Ribeiro Aquilino
Casa Grande.

Sackville-West Vita
Escales sans nom.

Savinio Alberto
La maison hantée.

Schnitzler Arthur
Madame Béate et son fils.
Mademoiselle Else.
Mourir.
La pénombre des âmes.
La ronde.
Vienne au crépuscule.
L'étrangère.

Scott Walter
La fiancée de Lammermoor.

Singer Isaac Bashevis
Amour tardif.
La corne du bélier.
Le domaine.
Le manoir.
Ennemies.
Yentl.
L'esclave.
Le fantôme.
Au tribunal de mon père.
Le blasphémateur.

Spark Muriel
Le pisseur de copie.
L'unique problème.
Memento mori.
L'appropriation.
Robinson.
L'abbesse de Crewe.
Demoiselles aux moyens modestes.

Stangerup Henrik
Lagoa Santa.
Le séducteur.

Tanizaki Junichiro
Deux amours cruelles

Tekin Latife
Contes de la montagne d'ordures.

Tevis Walter
La couleur de l'argent.

Thomson Rupert
L'Église de Monsieur Eiffel.

Tolstoï Léon
La mort d'Ivan Ilitch.
Un cas de conscience.

Tolstoï Comte Léon L.
La vérité sur mon père.

Tourguenieff Ivan
L'abandonnée.
L'exécution de Troppmann.
Fumée.
Journal d'un homme de trop.
Dimitri Roudine.

Traven B.
Le visiteur du soir.

Tyler Anne
Toujours partir.

Uhlman Fred
Il fait beau à Paris aujourd'hui.
La lettre de Conrad.

Undset Sigrid
L'âge heureux.
Jenny.
Printemps.
Vigdis la farouche.

Vanderbeke Birgit
Le dîner de moules.
Apocalypse non!

Werfel Franz
Le passé ressuscité.

Wiechert Ernst
La servante du passeur.

Wilde Oscar
Intentions
De profundis.
Nouvelles fantastiques.

Wilson Angus
Saturnales.

Wolf Christa
Cassandre.
Aucun lieu, nulle part
Scènes d'été.
Ce qui reste
Incidence.
Trois histoires invraissemblables.
Changement d'optique.

Wolfe Thomas
De la mort au matin.

Woolf Virginia
Orlando.

Yamata Kikou
Masako.
La dame de beauté.

Zweig Stefan
Amok.
La confusion des sentiments.
Le joueur d'échecs.
Vingt-quatre heures de la vie d'une femme.
Nietzsche.

Cet ouvrage a été composé en Bembo corps 12
par In Folio, Paris

Achevé d'imprimer en juin 2008
sur presse Cameron
dans les ateliers de ***Bussière***
à Saint-Amand-Montrond (Cher)
pour le compte des Éditions Stock
31, rue de Fleurus, 75006 Paris

Imprimé en France
54-12-5210/7
N° d'édition : 09. – N° d'impression : 081869/1
Dépôt légal : juin 2008.